新　潮　文　庫

四畳半王国見聞録

森見登美彦著

新　潮　社　版

9730

四畳半王国見聞録＊目次

四畳半王国見聞録

四畳半王国建国史

諸君！

諸君と言っても誰もいないのだが、しかし余は断じて諸君と呼びかけよう。

畏《おそ》れ多くも余がしろしめす王国はいわゆる四畳半であり、その国土は本棚一杯の書物、鉄道模型地球儀招き猫怪獣人形等の国宝の数々と、パソコンおよび猥褻物《わいせつぶつ》から成る。猥褻物と言えば、なによりも余自身が猥褻である。なにせ鉢巻きをのぞけば全裸なのであるから。

孤高の男が誰からも歓迎されるはずがない生尻《なまじり》で、ぽつねんと畳に座っている――これはもう、いかに工夫を凝らしても国土の外では陳列され得ない猥褻物である。

こんな姿の国王が支配する地を、地獄と呼んで憚《はばか》らない輩《やから》もいるであろう。余も「ですよねえ」などと調子を合わせて戯《たわむ》れることもできるが、ここは敢《あ》えて戯れない。

異論は却下する。余は異論を必要としない。我が国の憲法に拠《よ》れば、偉大なる王の繊細なハートを傷つけないかぎりにおいて言論の自由が保障される。神聖にして不可侵な王のハートを傷つけんとする反逆者たちには、灼熱《しゃくねつ》の鉄槌《てっつい》が振り下ろされるであろう。

四畳半王国。

それは外界の森羅万象に引けをとらぬ、豊饒《ほうじょう》で深遠な素晴らしい世界である。この四畳半を遍《あまね》く支配する王がそう主張するのだから、むやみに信じなければならない。信じる者は救われる。信じることを躊躇《ちゅうちょ》するような腰抜けには、そもそも信じる資格がない。

今、この広大無辺の王国に余はたった一人で君臨し、生尻による圧政を敷いている。これより余は思うところを述べんとす。しかるのち、四畳半の虎《とら》のように虚空《こくう》に吠《ほ》えんとす。そして惰眠という名の悦楽を味わわんとす。

かつて、愚かな男がこう述懐した。

「同じ下宿でぐうたらしているのであっても、モンマルトルの下宿でぐうたらしているのと、日本の下宿でぐうたらしているのを比べたら、モンマルトルのぐうたらの方が有意義な気がする。同じぐうたらでもモンマルトルの方がずっとおしゃれだ」

国民たちよ、彼の愚劣さを嘲笑《あざわら》うがよい。

四畳半とは完結した一つの世界である。その位置するところ――日本かフランスか、はたまた月面か――によって四畳半の内的な豊かさが左右されることがあろうか。否《いな》、断じて否。モンマルトルのぐうたらが日本のぐうたらに勝ることなどあり得ない。さような現象が生じたとすれば、その四畳半生活者がモンマルトルにある四畳半という事実にだらしなく甘え、豊饒なる四畳半を主体的に作り上げることを放棄したにすぎない。言い換えれば、我が四畳半王国は何処《どこ》にも存在し得る。エッフェル塔の足の下でも、ナイアガラ瀑布《ばくふ》のご近所でも、アマゾンの奥地でも。四畳半が何処に存在しようとも、余は堂々と閉じ籠《こ》もり続け、外の世界に主導権を譲りはしない。それは余が豊饒なる四畳半王国を建国した、真に偉大なる四畳半主義者であるからにほかならない。

王国を確立する以前、この地へ流れついた当時のことを余は回想する。

そもそもの発端はシュレディンガー氏であった。

シュレディンガー氏とは、物理化学の初歩で学ぶ、かの悪名高き「シュレディンガー方程式」を生み出した希代の悪人である。微細な粒子を扱うためとはいえ、奇々怪々な文字の羅列をみだりに生み出し、幾万もの学生たちの皺《しわ》少なき脳みそを絞り上げてきた罪は万死に値しよう。

　余は屈辱を拒否し、シュレディンガー氏と袂《たもと》を分かった。その結果、理解できぬものを積極的に拒否しようという志を立てた。誰もが知っているように、余は初志を貫徹する男だ。シュレディンガー氏との運命的な出逢《であ》いと別離を経た後、たとえ努力すれば呑《の》み込めそうな講義があったとしても、軽々《けいけい》と腑《ふ》に落ちるを潔《いさぎよ》しとしなかった。

　かくも高貴な生き方を貫いたことで余が失ったものは何であったか。単位を失い、計算能力を失い、男ぶりを失い、評判を失った。このようにのっけから悪手《あくしゅ》を打った学生が弄《ろう》する言辞として、「勉強はあまりしなかった。でも講義では聴けないことをたくさん学んだ」という甘えた言い訳が時折聞かれる。しかし講義では聴けないことを学びたかったのであれば、そもそも大学なんぞに踏み込まぬがよかろう。余はそのような言辞を弄して過去の過《あやま》ちを正当化しようとはしない。

　かくしてシュレディンガー方程式に敗北した余は学問を見限り、大学構内の人間関係において覇権を確立せんとした。所属していた人間関係研究会において余が味わった艱難《かんなん》辛苦について、ここでくだくだしく述べることはすまい。幾多の希望と絶望に彩《いろど》られた青春劇場、数え切れぬ敗退を重ねて後、夢破れて山河あり、余は大学構内に覇権を確立せんとすることを止《や》め、旧世界に別れを告げた。想《おも》うべし、冷たい闇《やみ》を孤独に走る余の行く手に見えし希望の光を。翼よ、あれが四畳半の灯だ。次なる新天地を求めて裸一貫で放浪の旅に出た余は、ついにこの地に辿《たど》り着いたのである。

この四畳半王国は、巨大な「コ」の字形をした「法然院《ほうねんいん》学生ハイツ」なる建物の内部にある。

棕櫚《しゅろ》やら何やらの選び抜かれた陰気な植物が鬱蒼《うっそう》と生い茂る中庭を抱き、京都東《ひがし》山《やま》のふもとにたたずむ鉄筋コンクリート三階建ての建物である。大学紛争時代に建造されたという冷たく暗いたたずまいは、旧日本軍の要塞《ようさい》を想起せしめる。

余がこの地を初めて訪れたのは、折しも夕焼けがあたりを黄金色《こがねいろ》に染める時刻であった。屋上には丸い貯水タンクや、巨大な大砲を思わせる円筒形の不気味な設備があり、それらのぬらぬらとした輝きが余の目に焼きついている。その反面、要塞の内部は廃墟《はいきょ》のごとく暗かった。壊れかけた蛍光灯の光はお化け屋敷の行灯《あんどん》の如《ごと》く、蜘蛛《くも》がハンモックめいた巣を張り、十円電話は徹底的に破壊されて原形をとどめず、下駄箱《げたばこ》には埃《ほこり》にまみれたブリーフがひっかかり、廊下には謎《なぞ》めいた裸足《はだし》の足跡がついていた。そして、外壁にしかけられた有刺鉄線が、侵入者をふいに冷たく突き刺すのである。そのまったく妥協を許さぬ世紀末的な雰囲気に、余が惚《ほ》れ込んだのも無理はない。

余が流れ着いた当時、この地には絶えて住む者もなく、畳は腐りかけふにゃふにゃの不毛の大地であった。余は開拓者たらんと意気込み、乙女の柔肌のようにやわらかすぎる古畳を、我と我が身を打ちつけて押し固め、ダビデ像の胸板なみに固い大地へと鍛え上げた。かくして王国の礎《いしずえ》は築かれた。しかしながら、それだけで余が満足した豚のように畳へ寝転んでおれば、王国の発展はあり得なかった。地歩を固めてから、余は休む間もなく、さらなるフロンティアの開拓にとりかかったのである。

そのフロンティアとは、すなわち壁である。

いにしえより、人類と壁は幾多の戦いと妥協を繰り返してきた。壁は人類を外界から守るゆりかごである一方、より大きく天地に広がろうとする人類の自由意志を阻《はば》む檻《おり》であった。人類は壁を築き、築かれた壁は人類を阻み、阻まれた人類はいつしか古い壁を打ち壊し、やがてまた新しい壁を築く。人類と壁の歴史は、絶え間ない闘争の歴史である。

四畳半生活者は、ほとんどつねに、その闘争の最前線に立つことを余儀なくされてきた。

しかし慧眼《けいがん》の余は瞬《またた》く間に見抜いた――我らを取り囲む愛すべき忌々《いまいま》しい壁は、打ち壊すことによっては決して征服され得ないということを。物理的地平を四畳半にとどめたまま、精神的地平すなわち国土をかぎりなく内部へと拡張することこそ、この不毛な闘争の歴史に終止符を打つ唯一《ゆいいつ》絶対の方法であったのだ。余は壁を種々雑多な書物によって埋め尽くし、その上から絶え間なく我が妄想を塗り重ねた。歳月が流れるにつれて、地平線は内側にかぎりなく広がった。かくして余は、目前に立ちはだかる壁を征服し、広大無辺の沃野《よくや》を掌中に収めたのである。

その後も四畳半王国を実りある国土とするための戦いは続く。

次なるフロンティアは、諸君の想像の通り、天井である。

これまで人類は、壁という敵に阻まれて、床面積を呪《のろ》うことだけに汲々《きゅうきゅう》としてきた。我が身を哀れむ涙に浸った畳から立ち上がって雄々しく戦った者たち、その一握りの選ばれし者たちだけが壁という敵を打ち倒すことに成功したのである。しかし彼らにあっても、天井の秘めたる可能性に目をつけた人間は少ない。たしかに、ボッキュッボーンなオナゴのポスターを貼《は》るなどの作業を通して、有り余る性欲をばねに国土の上空へ飛翔《ひしょう》せんと目論《もくろ》む輩は存在した。しかし余の才覚をもってすれば、天井を浅薄な性的妄想の舞台とするにとどまらず、宇宙的広がりをもった空間として活用することが可能であった。

余は天井に幾多の資料（オナゴのポスター含む）を貼って妄想を塗り重ねる傍ら、凧糸《たこいと》を慎重に張り巡らせ、蛍光塗料を塗った発泡スチロール製の玉をぶら下げた。天井に繰り広げられる広大な妄想（猥褻）世界は、ひとたび部屋の明かりが消えるやいなや、深遠なる星の海となって余の目前に現れる。凧糸の操作によって天界を意のままに操ることにより、占星術的に余は己の将来をつねに薔薇色《ばらいろ》に保つことができる。流星を自在に作り出し、草原に寝転んで手のひらを合わせる乙女のごとく「お星様お願い」ごっこをするのも可能である。何らかの事情で星が流れ落ちるまでにお祈りが間に合わなかった際は、自分というものがほとほと嫌になるまでやり直しがきく。喉《のど》から血が出るほど祈るがよい！

壁と天井を制する者は世界を制す。

かくして王国は築かれた。

誰でもいいから、余を賛美したまえ！　遠慮なくどうぞ！

しかし誤解してはいけない。誰一人讃《たた》える者がおらずとも、余は何ら痛痒《つうよう》を感じない。余は、自己であるためにいちいち他者の鏡を必要とする軟弱な人間ではない。一人孤独にあるときにこそ、余は完全に己が欲する自己になることができるのである。かつては、目前に他者が現れるたびに、余は理想にほど遠い振る舞いをする自分に腹を立てていた。「一人でいる時はこんなにステキな俺なのに、なぜ他人が目の前にいるとヘンテコになるのであるか！」そんな疑問が幾たびも脳裏をよぎった。しかし、かような煩悶《はんもん》が無意味であったことは明らかである。存在論的な自己循環系を成す余という存在は、観客を必要としなかったに過ぎない。余を観察し、余を評価するに値する人物は、余自身を措《お》いて他にない。

そして余は今日も休むことなく、四畳半王国の開拓を続けている。壁と天井を制した余が、次にとりかかったのはダビデ像の胸板のように固い「床」である。

普通は床から征服するんじゃないの、なんで先に天井なの？

そんなことを言う分からず屋は、呪われてしかるべきであろう。未来永劫《えいごう》、なんだか気になる吹き出物で苦しむがよい！

いにしえより、「床」には恐るべき魔物が跳梁跋扈《ちょうりょうばっこ》してきた。その魔物は、壁や天井には原理的にほとんど生息し得ない。菓子の食いかす、カップ麺《めん》の容器、蜜柑《みかん》の皮、無限に増殖するコンビニ袋、多目的に使用した鼻紙、魚肉ハンバーグのかけら、読みさしの書物、妄想を溢《あふ》れるがままに記したメモ帳、煙草《たばこ》の吸い殻や空き箱――それらは実にさまざまな形を取るが、包括して「熱力学第二法則」と呼ばれている。じつに「生きる」ということは熱力学第二法則という名の恐るべき魔物との、いつ果てるとも知れぬ戦いにほかならず、その熾烈《しれつ》な戦いはつねに床を主戦場として行われてきた。したがって床を征服するのは、関ヶ原の合戦中に横から乗り込んで関ヶ原を征服することに等しい。これが如何《いか》に困難なことであるか、賢明なる諸君には説明を要しまい。

そして戦いは今もなお行われている。

万年床を淵源《えんげん》とする熱力学第二法則と、机上を淵源とする熱力学第二法則が、二手に分かれて猛威をふるい、四畳半王国を浸食する。これら異民族から王国を守るのは容易ではない。時に絶望に駆られ、すべてを神の大いなる御手にゆだねたいと思うこともあるが、四畳半王国の偉大なる王として君臨し続けるために、この聖戦を止めるわけにはいかないのである――。

しばし待ちたまえ、諸君。

また鉄管がカンカン音を立てている。何者かが叩《たた》いているのであろう。

この鉄管は、この奇怪な要塞的アパートメントにまつわる幾多の謎の一つである。見たまえ、太い鉄管が四畳半の隅を天井から床まで貫いている。おかげでどれだけの空間が無駄になっておることか。この鉄管は要塞中に張り巡らされ、各部屋をつなぐ唯一の連絡通路であるにもかかわらず、用途が判然としない。

いったいこの太い管の中を何が流れているのか。それはこの地へ移り住んだ頃から、余の念頭を去らない疑問であった。この要塞に暮らす人々の血か、涙か、男汁、その他の汁か――。鉄管を伝う、いかようにも活用し得ない暗黒物質が、この要塞の暗い一角に黒々と貯蓄されている光景を思い描いていただきたい。いかがであろうか。気色悪いであろう。気色悪いだけで益はないのだ。

かつて余は、この鉄管の行方を辿って、建物の奥深くへと探検の歩を進めたことがある。

余の四畳半王国は一階、「コ」の字の上辺中ほどに位置する。部屋から出《い》で、暗い廊下を歩いていけば、明滅する蛍光灯の明かりの中で、天井にもその鉄管が太く走っているのを見ることができた。廊下に並んでいる幾つものドアからは、蒼白《あおじろ》い光が漏れたり、気味の悪い笑い声が漏れたり、あるいは貝肉《かいにく》の怪物が寝返りを打つようなねちゃねちゃした音が漏れてくる。薄っぺらいドアの向こう側では、幾多の四畳半王国がそれぞれの歴史を刻んでいるのである。互いに交易のない王国がひしめきあう中を、鉄管はずうっと延びていく。余は鉄管を辿って中庭を廻り、やがて裏手に迫る雑木林のざわめく音を聴きながら、階段を上った。各部屋から集まってくる鉄管は上へ上へと延びていた。三階から上は蛍光灯の明かりすらなく、誰かが置いた蠟燭《ろうそく》の火も消えていた。鉄管は屋上まで延びているらしいと分かったが、余はその夜の冒険をそこで打ち切った。

最上階には何者が住んでいるのであろうかと余は考えた。この要塞にひしめきあう王国を統《す》べる真の王、四畳半を遍く支配するといわれるあの御方がいらっしゃるのであろうか。その御方はただ黙然と座し、はらわたに火薬を詰め込んだようなふくれっ面《つら》をして、眼下を睥睨《へいげい》しておられるのであろうか。余の夢想は果てしなかった。

自分の四畳半王国へ引き返す途上にも、余は誰とも会わなかった。

この要塞に住んでみれば容易に分かることだが、住民たちはそれぞれの四畳半王国の統治に忙殺されており、滅多に外へ姿を見せることがない。他者の存在を感じるのは、何者かが部屋に走る鉄管を気ままに叩きまくる時か、あるいは何者かが深夜に謎めいた理由で絶叫する時でしかない。我々は誰もが一国一城の主《あるじ》である。この要塞にひしめきあう幾多の王国の間には、交易もなく戦乱もない。

それにしても、いったいいつまでカンカン叩いているつもりであろう……。

やけっぱちか。戦友に呼びかけているのか。それとも、どこか遠くで暮らす幻想の乙女へ、果たされざる逢引きを約束するモールス信号でも送っているのか。そういった腰の据わらない輩《やから》は、幻の秘薬、樋屋奇応丸《ひやきおうがん》を服用するがよい。

この地で生きていくにあたって、余は友も女性も必要としない。

もちろん、幾多の困難を乗り越えてきた余がその気になれば、いまいちどシュレディンガー方程式に戦いを挑み、ひいては量子力学的に「彼女」の存在を証明することも可能だ。量子力学的に考えて、我が運命の人が幾多の障壁を乗り越えて我が四畳半王国へ降り立つ確率も零《ゼロ》とは断言できまい。あるいは余が旧世界で暮らしていた頃に身につけた人心掌握術を駆使して、麗《うるわ》しの乙女をこの四畳半に誘い込むことも可能である。広大な四畳半世界を眼前に見れば、彼女は人類未到の地が意外に身近にあったことに驚き、そして新世界を切り開いた余を口をきわめて讃えるだろう。

しかし余はそのようなつまらぬ雑事に時間を浪費しない。

余に固有の戦いは、孤独に行われなければならない。一つの道を究めんとした偉人たちは、つねに孤独であった。孤独に耐え得ぬ人間に、戦うことはできない。ましてや、戦っている人間を嗤《わら》ったりする資格は一切ない。転んだ者を嗤うべからず、転んだ者とは歩もうとした者なれば。

「四畳半を出《い》でて、社会と対峙《たいじ》しなければならぬ」などと余を批判する者もあるかもしれない。その者は「社会に出て、自分で飯を喰えなければ一人前ではない」と言うかもしれぬ。国民はその批判者の口に魚肉ハンバーグを詰め込むがよい。彼は一人で飯を食える地歩を社会に固めれば、それで他人と対等だ、うまくすれば見下せると思い込んでいる。誰にも迷惑をかけておらぬというただそれだけのことを金科玉条のように唱え、自尊心の保全に汲々としている。

そういった理屈が正論として通用する世界もあろう。

しかし余は、そんな正論でくられるところから、はるか遠くへ来た。この四畳半王国においては、いわゆる正論は通用しない。

なぜならば、余の宣《のたま》うことが正論だからだ。

批判者は、余が自分をムリヤリ正当化しようとしていると難詰《なんきつ》するであろう。しかし、己を正当化するために血道を上げているのは、むしろ批判者たちである。彼らは他人を見下すことによって自己の存在を確認せんとする。しかし余は、他人を踏み台にして自己を正当化しない。この四畳半王国においては、生きてここに在ることが、余の正当性をおのずから示す。世界が違うとは、そういうことである。

哀れな批判者よ。どうしたって諸君の負けである。諸君は諸君の世界にいるはずであるのに、それでもなお、単に生きているだけでは自己を肯定することができぬのである。朝起きるたびに世界を呪い、眠りにつくたびに己を呪う。自己正当化に血道を上げるぐらいならば、余は栄光ある惰眠を選ぶであろう。

精神の貴族は行動しない。己が正当性を声高に主張するため、己が存在理由を確保するため——そのような目的をもって行動することを潔《いさぎよ》しとしない。精神の貴族は、ただ存在する。今ここに誇りをもって在ることが、我らの生をおのずから正当化する。

余の身体《からだ》から煮汁のように染《し》み出す光の中に、余が精神の貴族たる証《あかし》を見出《みいだ》せよう。余という存在に対峙するにあたって、要求される態度は二つに一つ――賛美するか、無視するか、だ。

おや。諸君、聞こえるか。

誰かが叫んでいる。

この要塞では、毎晩丑三《うしみ》つ時から明け方にかけて、何処《いずこ》かの四畳半の住民が咆哮《ほうこう》するのを聞くことができる。時にはその咆哮が、各四畳半に張り巡らしてある謎の鉄管を伝って、我が王国へ直《じか》に届くこともある。その深夜の咆哮は、野犬の遠吠《とおぼ》えのようなものであろうか。

誰かの咆哮に対して、別の誰かが咆哮することもある。両者、日本語の体《てい》をなしていない咆哮であるという点ではまったく同一だ。深夜に行われるそういった咆哮の応酬を、コミュニケーションと呼ぶべきかどうか、それともただの条件反射にすぎないのか。

我々の間に連帯は存在しない。余は、誰がどこの四畳半でどのような歴史を紡《つむ》いでいようと、いかなる理由で吠えようとも、どうでもよい。余は彼らと同類とみなされるのをむしろ苦痛に思うのである。彼らも余と同類とみなされるのを苦痛とするだろう。なれあいは願い下げである。

たしかに、かつては、余も深夜に咆哮することがあった。

当初は後ろ向きの咆哮であった。高校時代の情けない初恋や大学時代の失策の数々が、余を咆哮に駆り立てたのである。続いて前向きの咆哮が取って代わった。ありていに言えば未来への不安である。「俺も前向きになったものだ」と、余はいささか感心した。しかし四畳半王国の確立と同時に、そんな前向きの咆哮も自然と消えた。今でも余はたまに咆哮することがあるが、それは内から湧《わ》き上がる衝動に駆られてのことではない。この要塞《ようさい》のどこかで叫ぶ誰かの声が、遠く我が四畳半王国まで届いた時、たわむれにその咆哮に和してみるまでのことだ。

時には余の他の誰かがさらに咆哮を合わせ、咆哮が咆哮を呼び、建物全体が唸《うな》り声を上げることがある。その時、四畳半の隅にある鉄管はぷるぷると震えている。その謎《なぞ》めいた鉄管が伝えるのは、やさしい婦人の歌声ではなく、つねに四畳半にひそむ獅《し》子《し》たちの、やむにやまれぬ咆哮なのである。

そういえば余は思い出す。

かつて一度だけ、その連鎖する咆哮がこの老朽化した要塞を打ち壊しかけたことがあった。

ある夜、例によって次々と重ねられる咆哮が臨界点を越えた。オモシロ半分に声を合わしている輩もいれば、やかましすぎる咆哮を止めさせようとして居丈高に咆哮をかぶせている輩もいた。やがて鉄管が暴れ出し、建物全体が地震のように揺れだした。それでも我々は咆哮をやめなかった。

そうすると、大きな音が「どおぼん」「どおぼん」と響きだした。

余は四畳半から廊下へ出て、玄関へ廻った。

それは節分の夜、京都が最も寒くなる頃のことであり、明け方の夜気は頬を裂くほどに冷たい。余は自分の吐く白い息を見た。要塞の中ではまだ咆哮が続いている。「どおぼん」という地響きのような音は絶え間なく聞こえる。見上げれば、キンと冴《さ》え渡った夜空に、スプレーで吹いたような赤や橙色《だいだいいろ》をした無数の火花が流れ、そして儚《はかな》く消えてゆく。

余は哲学の道へ駆け出して、葉を落とした桜のかたわらに立った。

そして自らが住みし要塞を振り返ってみた。

屋上にある円筒形の大砲が「どおぼん」と大きな音を立てて火を噴いていた。太い黒々とした砲身は西空へ向けて高々とそびえ立ち、火を噴くたびに屋上の一角が明るくなった。いかなる敵を砲撃しているのか知り得ようもない。冷たい夜の底に立ちつくして、余はその華々しい砲撃を見上げ、身に降りかかる火の粉をものともしなかった。余の身のうちから熱い震えが起こった。

「砲撃せよ」と余は繰り返した。「砲撃せよ」

大砲のそばに真っ黒な外套《がいとう》を着た男が立っていた。彼は大砲を操作するでもない。ただ黙然と立ちつくして、虚空《こくう》を砲撃するたびに巻き起こる爆風を浴びていた。ひょっとすると彼こそ、この不気味な要塞の最上階にひそむ真の王ではあるまいかと余は考えた。

やがて砲撃が終わると屋上は闇《やみ》に沈んだ。

眠れぬ獅子たちの咆哮もおさまり、鉄筋コンクリートの要塞は眠りについたようにひっそりとした。

余は四畳半王国に戻り、ぬくぬくと暖まった。

そしてやがて眠りについたのである。

それは昼夜逆転によって永遠に続く夜の中で、余が惰眠の合間に見た幻影であったろうと言う者もあるかもしれぬ。それは余が確かにこの目で見たものであったのだが……まあ諸君に信じて貰《もら》えなくとも、余はまったく痛痒《つうよう》を感じない。しかしあの砲撃の幻を見たときの熱い震えはまだ余の胸のうちにくすぶっているのである。

さて、そろそろ明け方になろうとしている。

余は朝日を好まないから、このあたりで寝床にもぐる必要があろう。

万年床に寝転んで、気晴らしにちょっぴり吠えてから眠るとしよう。全裸で。

こうして英気を養い、明日の日暮れからまた、余は四畳半王国の住民の栄光と福祉のために戦い続けるであろう。壁と天井を制した余にとって、熱力学第二法則に打ち勝って床を征服することも夢ではあるまい。余が次なるフロンティアと目しているのは、この四畳半の中央にある空間そのものである。壁、天井、床……それらは所詮《しょせん》、平面に過ぎない。六面を制した時、この三次元空間を工夫と妄想で埋め尽くす時節が到来するであろう。

近年、余は目前に広がる空間に苛立《いらだ》ちを覚えるようになった。余に必要なのは、万年床と、四畳半から外へ出るための通路のみにすぎない。その他の空間はことごとく無駄と断言しよう。さしあたっては部屋を上下に分割する計画を進めるつもりだ。一階は睡眠や食事などの形而下《けいじか》的な活動に用いられ、二階は書斎となるだろう。思索に疲れて書斎の床に寝転べば、天井に凧糸《たこいと》で作り出した満天の星空が、手に取る如《ごと》く見えるであろう。

そして余は、さらに世界を分割していこう。余の妄想の汁をたっぷり含んだ細胞が、四畳半の内部で次々と分裂してゆく光景を思い描くがよい。四畳半は微分され続ける。我が広大な国土はこうしてかぎりなく内へと拡張してゆく。それは空間の制約を乗り越え、内宇宙を探索する果てしない旅だ。その大いなる旅の途上、畳の上で大往生することになろうとも、余は決して後悔しない。余という男を舐《な》めてはいけない。この偉大なる精神の貴族は、たとえ胡桃《くるみ》の殻に閉じこめられようとも、無限の天地を領する王者になれる男だ。

余という存在に対峙するにあたって、要求される態度は二つに一つ。賛美するか、無視するか、だ。

蝸《か》牛《ぎゅう》の角

「街路樹の葉から落ちた一滴の水にも全宇宙が含まれている」というお話であった。

下鴨《しもがも》神社の東、築年数もさだかではない骨董《こっとう》的アパート「下鴨幽水荘《ゆうすいそう》」の二階である。四畳半に車座になった四人が、宇宙的規模の議論をしながら晩夏の夕べを過ごしている。

議論の発端は阿呆神《あほうしん》であった。

阿呆神とは、京都にて無益な日々の営みに血道を上げる学生たちが奉じる神のことである。そのいかにも御利益《ごりやく》の薄そうな神は何処《いずこ》におわすかという話題がドングリのように転がって、宇宙創成の理論と華厳宗《けごんしゅう》の教えがメビウスの帯のようにからまったところにシュレディンガーの猫が一枚嚙《か》むといった、落としどころの見えない議論になっていた。徹底して議論する風を装《よそお》いながら、結論を出す気はさらさらないのだから呆《あき》れたものだ。

その四畳半にはマチ針を突き刺した地球儀や信楽焼《しがらきやき》の狸《たぬき》、散髪屋の宣伝灯等が雑然と積み上がって足の踏み場もない。彼らの目前にある清水《きよみず》焼の大皿には、色とりどりの饅頭《まんじゆう》が山盛りになっている。それらの饅頭は、この四畳半のヌシが「五条堀川《ごじようほりかわ》饅頭コネクション」と呼ぶ饅頭業界関連ルートから秘密裡《ひみつり》に入手したものだった。薄汚れた浴衣《ゆかた》を着て、無精髭《ぶしようひげ》を生やした男がこの四畳半のヌシである。

「つまりだね諸君、阿呆神の住まう四畳半は遍在するのだ」

彼は強引に議論をまとめた。そして饅頭をお手玉のように宙に投げ、つるつると呑《の》み込んだ。

彼の向かいには三人の学生が正座している。

一人は万物を小馬鹿《こばか》にするようなぬらりひょん的薄笑いを浮かべ、ときおり「けけけ」と化鳥《けちよう》のような声を出す人物である。どうやら阿呆であるらしい。もう一人はガリガリの痩《や》せっぽちで、今どき流行《はや》らない文学青年風を装っているが、つるりと薄皮を剝《む》けばこいつもどうやら阿呆らしい。彼らから少し距離を置いて、全自動乙女型饅頭消費機関のように黙々と饅頭を頰張っているのは理知的な眉《まゆ》をした黒髪の乙女だが、こんな妖怪《ようかい》の群れに交じって平然としているのだからむろんただ者ではない。

「阿呆神はうじゃうじゃいるってことですかあ？」

ぬらりひょん的学生が呆れ顔で言った。「なにやら黴菌《ばいきん》みたいですね。ああバッチイ！」

「四畳半を統《す》べたもう阿呆神から逃げることは誰にもできない。阿呆神は我々の暮しの至るところにもぐりこんでくる。この饅頭の表面にあるぶつぶつにも、蝸牛《かたつむり》の角の上にも、ヤモリの足裏にも、そら、貴君の親不知《おやしらず》の奥底にも」

「むむう、こころなしか痛みが増したようですよ」

文学青年風が頰を押さえた。「虫歯に苦しむ人間に対して、山盛りの饅頭を無理強いするなんて。こんな非人道的な行為が許されるのか」

「貴君の歯の痛みは饅頭のせいではないぞ。親不知という栄光のステージで、阿呆神が不毛のダンスを踊っておられるのだ。ゆめゆめ疑うことなかれ」

「想像すると痛みが増すんです。勘弁してください」

「なんの、サッと熱湯にくぐらせて殺菌消毒すれば問題なしです」と言い、ぬらりひょんがゴミの山から薬缶《やかん》を引っ張り出して電熱器にのせる。

「待て待て。俺の親不知に熱湯を注ぐ気か」

「早急に手を打たねば、あなたの阿呆ぶりに磨きがかかる一方だもの」

「コノヤロウ、他人を阿呆呼ばわりできる立場か」

「貴君たち、喧嘩《けんか》してないでまずは饅頭を食べないか。彼女を見習いたまえ」
浴衣の男が顎《あご》をしゃくった。
醜い争いをしていた二人の学生は口をつぐんで振り返った。ひとり饅頭を頬張って
いた乙女が「お饅頭が好きなのです失礼」とくぐもった声で言い、頬を赤らめてもぐ
もぐやっている。その戦いぶりは天晴《あっぱ》れである。やおら二人の男子学生はお互いに摑《つか》
みかかり、饅頭を相手の口に詰め込み始めた。
「私から見れば、両君は同じぐらい立派な阿呆に見えるな」
浴衣の男は腕組みをして高みの見物を楽しんでいる。
「まあ、熱いのを堪《こら》えたって阿呆神を根絶することはできまい。これは宇宙的規模の
お話である。凡人が阿呆神に刃向かうなんて、土台無理な話なのだよ」
沈黙のうちに、ひとしきり饅頭の処分が進んだ。
やがて文学青年風が饅頭を頬張りながら、「歯にしみる!」と叫んだ。
「痛みがなくなるように、阿呆神に頼んでみるかね?」浴衣の男が言った。「個人的
な連絡先を知っているのだが」
「またまた師匠。その手には乗りませんよ、ボクは」とぬらりひょん。
「うひょひょひょ」

「そうですよ。煙に巻かれるのはもうたくさんです」

「阿呆神は阿呆なる光で宇宙を遍《あまね》く照らし、コレと見込んだ阿呆の願いを叶《かな》える。そして神は、選ばれし阿呆の四畳半にいつの日か降臨し、己の跡目を継ぐことを無理強いするのだ」

「聖なる阿呆の伝説……」と乙女が呟《つぶや》いた。

浴衣の男は携帯電話を取り出し、この宇宙で最も淋《さび》しい四畳半に電話をかけた。

「ああ、これはどうもご無沙汰《ぶさた》しております。樋口《ひぐち》でございます」と陽気な声で喋《しゃべ》りだした。「一つお願い事がございまして……」

そのとき乙女が饅頭を呑み込んで言った。

「先輩、口を開けてください」

「なぜ?」

「親不知を目視《もくし》します」

文学青年風が河馬《かば》のあくびのように口を開けると、彼女は鋭く目を細めて覗《のぞ》き込んだ。

その薄汚い暗がりの奥には何かぎざぎざとして親不知らしくもない形状をしている歯が見えた。黒々としたその影は、鞍馬《くらま》あたりに連なる山々を思わせた。

○

その親不知の幾重にも折り重なった山々の隙間《すきま》を、一人の学生が這《は》い廻っていた。小さなリュックを背負って水玉模様の手拭《てぬぐ》いをぶら下げている。好んで野山を駆け巡るほど屈強そうにも見えない。むしろ貧弱と言うべき体格で、よたよたと歩く足取りは重い。

どこまでも鬱蒼《うっそう》とした木立と藪《やぶ》が続き、林道をはずれて闇雲《やみくも》にさまよう彼の前には辿《たど》るべき道もなかった。聞こえるものといえば、緑の濃い晩夏の山肌を撫《な》でる風の音と、梢《こずえ》に響く山鳥の声、そして悲痛きわまる己の喘《あえ》ぎ声ばかりである。

鞍馬の山中でほぼ一睡もできない恐怖の一夜を過ごし、彼は今、人里を求めて歩いていた。僅《わず》か一晩で憔悴《しょうすい》し切ったその顔には、焦燥と不安が充《み》ち満ちている。分かりやすく言えば遭難したのだ。どうやらこいつも阿呆らしい。まったくうんざりする。

「俺は阿呆だろうか？　否《いな》、疑問の余地なし。俺は阿呆だ！」

話し相手もいない孤独な行軍なので、彼はぶつぶつ独り言を言った。

「まさか大学生にもなって、左京区で遭難するとは！」

彼は芽野史郎《めのしろう》と言い、某大学の詭弁論部《きべんろんぶ》に所属する学生であった。彼が「北へ行く」と友人たちに宣言して市街地を出たのは、つい昨日の昼のことだ。

彼なりに思い詰めた挙げ句の決断だった。

その愚かな決断に至るまでの経緯は次の通りである。

これまでの学生生活において、彼は学問的退廃を恐れなかった。シュレディンガー方程式が理解できなくとも、平気な顔をしてあくびをしていた。ただ堂々と暮らしていれば、いつの日か、棚からアンコロ餅《もち》が転がり落ちるように学問の奥義《おうぎ》を豁然大悟《かつぜんたいご》できるだろうと考えていたのである。ところが期待に反し、学問的に立ち往生することがあまりに重なってきた。どうやらこの方針のまま突き進んでも行き着く果ては寒冷不毛の大地であるらしい。それなりに反省して心を入れ替えようとしても、挑むべき学問の峰はあまりに急峻《きゅうしゅん》である。闇雲にとりついても失敗するのは明らかだった。

「これは慎重に戦略を練る必要があるな」

そして彼は戦略を練ると称し、休むに似た下手な考えを巡らしていた。

とある夕暮れ、たまたま遊びに出かけた某学生寮において、彼は「マンドリン辻説《つじせつ》法《ぽう》」というわけのわからぬ藝《げい》を持つ怪人と出逢《であ》った。その怪人は丹波《たんば》という名の男で、マンドリンを弾きながら人生の極意を説いて廻っているという。「デタラメもたいがいにしろ」と戯《たわむ》れに相談してみたら、その怪人は芽野がひた隠しにしていた過去の失敗や将来に対する漠然とした不安をことごとく言い当てて、彼の度肝を抜いた。そして、すっかり気を呑まれてしまった芽野の耳元で、「空海を見習え」と囁《ささや》いたのである。その昔、沙門《しゃもん》空海は四国でひとり山中をさまよい、ついに奇岩怪石が広がる室戸《むろと》岬に達して修行を重ね、「虚空蔵求聞持法《こくうぞうぐもんじほう》」という秘法を身につけたという。

ぽろろんぽろろんと哀愁漂うマンドリンの音色に送り出されるようにして、夕闇に沈む学生寮を後にした芽野の頭は、もはや空海の修行のことでいっぱいだった。芽野は今出川通《いまでがわどおり》沿いに並ぶ古書店の百円均一棚を漁《あさ》って胡散臭《うさんくさ》い入門書を一冊手に入れ、「虚空蔵求聞持法」が記憶力を増進させるという生半可な知識を獲得した。

「いつまでも己の阿呆ぶりを嘆いていてもしょうがない。どうせ時間はあるのだから、思い切って厳しい修行を己に課す。そして脳味噌《のうみそ》を活性化させることによって一発逆転を狙《ねら》おう」

ただ、四国室戸岬は遠いため、鞍馬山でお茶を濁すことにした。鞍馬山ならば少しは修行らしく見えるという下心ゆえである。

旅立ちの知らせを聞いた詭弁論部の仲間たちは口々に言った。

「阿呆だ阿呆だとは思っていたが」

「自由すぎるにもほどがある」

「本気なのか？」

「猪に喰われろ」

「山に籠もる時間があったら、ちゃんと勉強した方が有意義だと俺は思うね。一発逆転なんて短絡的なことを考える人間は碌《ろく》な目に遭わない」

友人たちの温かい声援に、芽野は笑って応《こた》えた。

「孤独と戦い、夜の闇と戦い、俺は一回り大きくなって帰ってくる。諸君は俺の頭脳と胆力の前にひれ伏すことだろう」

芽野は下宿最寄りの茶山《ちゃやま》駅から叡山《えいざん》電車に乗り、大いなる修行の旅に出た。叡山電車に乗るのは初めてのことだった。あっさりと電車は町を離れ、奥深い山に分け入っていく。鞍馬駅に到着した彼は、鞍馬寺に参った後、かつて源義経《よしつね》が修行したという山中を歩いて名所巡りをした。貴船口《きぶねぐち》まで歩くというＯＬ三人組に頼まれて記念撮影をしてあげることすら厭《いと》わなかった。

しかし、このままでは修行ではなく観光になってしまうという危機感に駆られた挙げ句、魔王殿の裏手から人目を避けて山深くに踏み入り、うろうろしているうちに遭難した。

日没後の山の恐ろしさは想像を絶するものだった。

懐中電灯など気休めにしかならぬ息詰まる闇が彼を取り囲んだ。いつ何時、その奥から魔王が姿を現すか知れない。闇を見つめて息を殺していると、杉木立からあの憎むべき怪人のマンドリンの音色が聞こえるような気がする。夜風にざわめく大木の梢から「アハッ！」と天狗《てんぐ》のものらしき高笑いが一声聞こえた後、あたりがシンと静まり返ったりした。

もはや修行どころではない。

彼は、ただ無事に人里に帰ることとさえできれば阿呆でも何でもいい、たくましく育ってやると強く念じながら、恐怖に涙した。

泣き濡《ぬ》れているうちに夜が明けた。

マンドリンと天狗笑いの幻聴に悩まされる地獄のような夜を抜け出しても、この森から抜け出すのは難しかった。唯一《ゆいいつ》の食糧であるおかかのおにぎりを半分残して食べ、ペットボトルのお茶をちびちび飲んだ。遭難したときは下手に動くべきではないと言われる。しかし巨大な不安が彼の背を押して歩ませるのだった。

「ここでジッとしていたところで、誰かが見つけてくれるわけもない」

彼は悲痛な思いに駆られていた。

詭弁論部の友人たちが真剣に慌《あわ》て出す頃には、俺は餓死しているだろう。

木立の梢を仰いで彼は祈った。

「おお阿呆神よ、哀れなる俺を救いたまえ！」

息を切らせて斜面を滑り落りると、まばらに木々の生えた広々とした場所に出た。蛾《が》がひらひらと木立の間を舞っている。溜息《ためいき》をついて汗臭い手拭いで額を拭っていると、視界の隅で何かが動く気配があった。ぎょっとしてそちらを見ると、笹《ささ》の茂みの傍らで大きな茶色の生き物がうごうごしている。ふんふんと鼻息荒く地面を嗅《か》ぎ回っている音が聞こえた。

それは大きな猪であった。

「本物だ！」と芽野は中腰のまま硬直した。

彼は生まれてこの方、猪を間近に見たことがないシティ・ボーイであった。脳の中枢《ちゅうすう》が静かに冴《さ》え返るようで、「ひょっとすると俺はこいつに襲われて死ぬのかもしれん」と思った。

なぜそんなことを考えたかといえば、猪に出逢って凍りつく自分を俯瞰《ふかん》しているような錯覚に襲われたからで、彼にはそれが今まさに冥途《めいど》へ旅立たんとする人間が見る末期《まつご》の景色のように思えたのだ。その景色はどこまでも清澄《せいちょう》で克明であった。木々の梢から射《さ》しこんでくる陽射しや、猪の鼻息に揺れる笹、その笹の葉の上になぜかポツンと鎮座している蝸牛までありありと見えた。その蝸牛の小さな角が、自分を嘲笑《あざわら》うようにひょこひょこ揺れているのさえ見て取れるようである。

○

蝸牛の角のてっぺんには鴨川《かもがわ》が流れており、その両側に京都の市街が広がっている。真ん中にこんもりと盛り上がっているのは吉田山《よしだやま》で、その南、黒谷《くろだに》と呼ばれる界隈《かいわい》に貧相な四畳半アパートがあった。その一室の染《し》みに汚れた壁に向かって、達磨《だるま》のように膨れている学生がある。四畳半の真ん中に据えられた電気ヒーターが温風を吹きだし、彼の尻《しり》界隈を温めている。

しょんぼりと曲がった背中から漂う風情《ふぜい》から考えるに、どうやらこいつも阿呆《あほう》らしい。

彼は今、人生最大の重責を担《にな》わされていた。彼の所属する「図書館警察」の忘年会幹事を押しつけられたのである。

図書館警察とは、学生によって運営される学内自治機関の一つであり、附属図書館で借りた図書を返却しない人間から、手段を問わずに強制的に回収することを主たる任務とする。現在では当初の目的を逸脱し、延滞の有無にかかわらず私的に制裁を加えたり、収集した個人情報を悪用して学内の人間関係を悪化させるなど、悪辣《あくらつ》な行為で恐れられている。

一回生の頃、法経第一教室の隅であのぬらりひょんのような顔をした先輩に声をかけられたのが運の尽きだった、と彼は思っている。あの誘いにうかうかと乗らなければ純白の魂を不毛な営みによって汚すこともなかったのだし、今こうして面倒な大役を前に途方に暮れることもなかったのだ、と。

たかが忘年会の幹事と言うなかれ、図書館警察には筋金入りのひねくれ者たちが揃《そろ》っているし、不毛の組織活動に青春を空費したOBたちも宴席に乱入しようと目論《もくろ》んでいる。図書館警察の上部組織である「福猫飯店」や、偽造レポートの製造を一手に引き受ける「印刷所」、構内の自転車を黙々と片付ける「自転車にこやか整理軍」等の関連組織からも参加者がある。しかし、彼らは招かれた客であるからまだタチの良い方なのだ。真に恐れるべきは、招かれざる客が大挙してやってくることである。図書館警察の活動に漠然と反感を抱く一般無法学生、浮気問題を暴露されて危うく失脚しかかった教師、現図書館警察長官への復讐心《ふくしゅうしん》に燃える裏切り者たち、学内において「一日一善」と称してゲリラ的慈善活動を繰り広げている「大日本凡人會《ぼんじんかい》」という集団。

暢気《のんき》に忘年会の看板を掲げている場合ではない。これはもう戦争である。

　そういったもろもろの懸念《けねん》事項に対して然《しか》るべき手を打って無事に忘年会を終わらせるだけでも一大事業であるのに、何かこれまでにない新趣向がつねに求められ、何をどう工夫したところでワガママな参会者たちからの非難は必ず囂々《ごうごう》と巻き起こる。前年幹事を務めた男は、一ヶ月の準備期間中に頭髪の半分が白髪化し、さらに全身の産毛《うぶげ》が抜け、一切の後始末を終えた後は郷里に帰って、現在に至るも音信がないという。

　当然の帰結として誰もがこの役目から逃亡することに血道を上げ、結局逃げ遅れた彼がこの役を押しつけられる羽目になったのだ。

「僕には無理なんだよ……なんで僕なんだ……」

　彼は壁に向かってぶつぶつ言った。

　彼は人間としての器が小さかった。それはもうたいへんに小さくて、魂の容器としての機能を果たせないほどであった。小学校の学級委員ですら彼には荷が重かった。

「ああ、逃げ出してしまいたい。しかし……」

　彼は小さな電気ヒーターを抱え込んで語りかける。

「いつまでもこんな小さな器じゃあ、どうせ何もできないんだよ。だから僕は駄目なんだよ。どうすればいいんだ？　どうすれば人間としての器っていうやつは大きくなるんだろう」

彼は呻《うめ》いて顔をくしゃくしゃにする。

天井からぶら下がる蛍光灯はもはや替え時で、ぶるぶると明滅しては彼の陰気な顔をますます陰気にしている。人間としての器を俎上《そじょう》に上げる前に、蛍光灯を替えるべきなのだ。これだから阿呆は困ると私は思う。彼はその陰気な顔つきで、自分が幹事を務めた挙げ句に巻き起こる大惨事を入念に思い描いてみた。うまくいくという想像は一つも湧《わ》いてこない。

「やっぱり逃げよう。もう逃げよう。二万円でどこまで逃げられるかな」

先ほどから隣室の住人が大音量で音楽をかけている。その音が薄い壁越しに伝わってきて、彼の尻をむずむずさせる。うるさいとは思っているのだが、彼には文句を言いに行く度胸もないのだ。かといって気にせずに悠々としていられる大器でもない。まことに生半可。まことに情けない。かくも無益な苦悩ばかりに精力を費やして貴君はいったい何をどうしたいと言うのか。

「ああ、大器になりたい」

彼はそう言って、蟻《あり》の忘年会に並ぶお猪口《ちょこ》のような「自分の器」を弄《もてあそ》んでいる。

忘年会幹事を押しつけられつつある彼の人間としての器は、本当にお猪口のような形状をしており、幼少期の体験と、遺伝的形質と、哀《かな》しい思春期の想《おも》い出から成り、そこに薄っぺらな知識を上塗りしたものである。仕上げが甘いので、縁のところはでこぼこしている。

○

一つ一つそのでこぼこを辿《たど》っていくと、大文字山《だいもんじやま》が現れる。

大文字山の山裾《やますそ》、琵琶湖疏水《びわこそすい》沿いに「法然院学生ハイツ」なる鉄筋アパートがある。そのアパートの一室で日夜数学の研究に没頭する学生が、屋上に「阿呆神」を祀《まつ》る祭壇を発見した。「四畳半統括委員会」と名乗る連中が戯れに作ったものと思われ、段ボール継《つ》ぎ接《は》ぎのオモチャのようなシロモノだった。

発見した学生は仲間たちに声をかけ、戯れに参拝することにした。

彼らはその祠《ほこら》の出来具合を褒め讃《たた》え、「阿呆神にはこれぐらいがちょうどいいや」と失敬なことを言った。小さな器に安い酒を注ぎ、桃色映像を供え、願いごとをした。彼らの願いは原則として却下された。敬意を欠く暴言に対する当然の報いである。

その阿呆神に対する敬意を欠く男たちは、自分たちのことを「大日本凡人會」と称していた。大日本凡人會とは凡人を目指す非凡人たちの集いであるという。しかし、彼らの活動の詳細についてここで述べることはしない。

ある夜、大日本凡人會の面々は数学に没頭する学生の部屋に集まって、例によって無益な語らいに花を咲かせていた。そこに遅れていた仲間の一人がやって来て、驚くべき情報をもたらした。彼らとともに大日本凡人會の一員として活動している丹波という男が、白川通《しらかわどおり》にある書店でバイト仲間の乙女とねんごろになったというのである。

取り残された彼らは色めき立った。

「ねんごろだと！　なんという破廉恥《はれんち》な！」

「制裁を加えてみたりなんかしてみる？」

「ぼろんぼろんマンドリンを弾いて人心を弄んでいるな、と思ったらコレだ。たとえ乙女が許しても、俺たちが許さない。その破廉恥ぶりを逐一聞き出す必要がある。後学のために！」

「それにしても生意気だ、シュレディンガー方程式も分からないくせにねえ」

彼らは皆、シュレディンガー方程式に敗北を喫したから、怒りも一入《ひとしお》だったが、よく考えるまでもなくそれとこれとは別問題である。しかし人間というものは、すでに燃えている怒りをいっそう派手に燃やすために、あらゆる問題をいっしょくたにすることを厭わないものである。

哀れなマンドリン演奏者に制裁を加えるべく、彼らは連れだってアパートを出た。しかし理学部植物園の南にある標的のアパートを訪ねると、相手は危険を察知したのか、すでに逃げ去った後であった。

彼らは手ぶらで帰らなくてはならなかった。

元より何もすべきことはないが、もっとすべきことがなくなった。彼らはぶらぶらと散歩することにして、夜の哲学の道を南禅寺《なんぜんじ》に向かって歩いて行った。季節は六月、街に充《み》ち溢《あふ》れた初々《ういうい》しい新緑も落ち着きを見せ、梅雨入りの噂《うわさ》が南から伝わってくる頃合いである。東山の山陰が迫る深夜の哲学の道は暗く、その夜の闇《やみ》は柔らかくねっとりと彼らを包んだ。

「難しいよなあ」と誰かが呟《つぶや》いた。

「女性という概念はね、数学的にね」

「やっぱり俺たちだけで知恵をひねっていても、ああいった分野は分からんのだよ。実地で試してないんだからな。付け焼き刃の理論だけでは……」

「性の理論のこと？　何を怖《お》じ気《け》づく。独自路線でいけ」

「それぞれがそれぞれの性の理論を持つ」

「つまり性の世界は相対的なんだよ」

「それが相対性理論というものか。深いな。アインシュタインは言うことが深い」

こんな優しい夜には清談の空《むな》しさが胸に迫るもので、言葉にも勢いが失われてくる。彼らはあかんべえするアインシュタインの顔をそれぞれの脳裏に思い描きながら、背を丸めるようにして哀しみの哲学の道を歩いて行った。

「蛍、いるか？」

「見えないね。みんなもういっちゃったのかな？」

「諸君、蛍の光は求愛の光なんだぜ」

「君は今、一生涯無用の知識を俺に押しつけたね。そんな知識が何の役に立つの？」

「みんなもう、求愛は済んだのかな。だから明かりを消したのか」

「明かりを消して何をやってるんだ。言ってみろ！」

「そりゃねんごろにやってるんだろ？」

「生物界はこれだから困る。見渡すかぎり破廉恥漢《はれんちかん》ばっかりなんだもの」

「蛍にも置いてけぼりか……」

若王子《にゃくおうじ》のあたりまでやってきて、彼らは疏水に渡された橋の上にドングリのようにならんだ。そうしてぼんやりと疏水を眺めていた。誰かが、「ああ、彼だけ性の理論を追求してるのだなあ」と呻いた。「なんということだろう」

彼らは口々に喚《わめ》いた。

「阿呆神くたばれ！」

「相対性理論がなんだい！」

「物理化学がなんだ、量子力学がなんだ！」

「シュレディンガー方程式がなんだい！」

「シュレディンガーの猫がどうした！　何様のつもりだ！」

「生きるか死ぬかはっきりしろ！　白黒きっちりつけろ！」

そうして彼らは物理学者シュレディンガーに責任を押しつけてみた。

○

「シュレディンガーの猫」というのは何かというと、これがよく分からないのだが、量子力学にからんで時々言及される思考実験らしい。とりあえず箱の中に猫がいると思っていただきたい。そして猫さんの傍らには、作用すると猫さんがコロッと死んでしまう恐ろしい装置がある。猫相手にそんな残酷な工夫を凝らして何の役に立つのかということは、この際問題にしない。

夜の哲学の道にて阿呆神を呪《のろ》いながら大日本凡人會の面々が脳裏に思い描いた箱の中に、一匹の猫が座っていた。その猫は自分の命運を握る恐ろしい装置の傍らにいることなど意に介さず、暢気に「みゃあ」と鳴いている。

その猫は器の大きい猫であった。

器は大きいが、その額はたいへん狭かった。

猫の狭い額というものは言うまでもなく毛をもって装飾されているが、その毛根あたりには縦横に街路が走っており、そのうちの一本は違法駐車も多い片側二車線の道路で、一般に東大路通《ひがしおおじどおり》と呼ばれている。その東大路通を北に向かって辿っていくと今出川通と交差する。北西の角にパチンコ屋のあるその交差点は百万遍《ひゃくまんべん》と呼ばれている。

その百万遍にほど近い大学の建物の一室において、一人の学生が淀川《よどがわ》教授に頭を下げていた。

淀川教授はその大学で栄養学を教えている。学問的実益と趣味を兼ねた美味《うま》いもの探しで世界各地へ出かけて連続冒険活劇さながらの調査を遂行することで著名であり、またその異様な狸《たぬき》好きによって「狸先生」とも呼ばれていた。教授の授業はその学生にとって必須《ひっす》の専門科目であったが、彼は持ち前の愚か者ぶりを遺憾なく発揮して、一年間出席してきた講義の単位を失いかけていた。

「先生、駄目ですか？」

学生は上目遣いで詰め寄る。

教授は全世界美味いもののデータが詰め込まれたスチールラックの前に座り、アフリカから送られてきた怪しい染みのある茶色の包みや艶々《つやつや》輝く表紙の洋雑誌やサンプルを詰めた硝子瓶《ガラスびん》に埋もれている。そして僅《わず》かな空間に新聞紙を広げ、達磨が毛を生やしたような未知の果実にむしゃぶりついていた。果汁をボタボタ垂らしながら、教授は「ウマイウマイ」と嬉《うれ》しそうに言う。「でも、この毛が鼻に入るのが難儀だなあ！食べる前に剃刀《かみそり》で剃《そ》るべきだったかな……」

「先生、何を食べておられるんですか？」

「これはね、ペネロンプチ・アモ・ムチムチ、つまり現地の言葉で『美女の鼻毛』と呼ばれている果実さ。試験場の温室に僕が植えた。糖度が高くてビタミンも豊富、現地では重宝されている。この毛がみっしり生えそろった頃が食べ頃でね。現地のムチムチ取り名人はこの毛の手触りだけで果汁の甘さを当てることができるんだよ。ポロンコ・アモ・ムチムチよりも毛はやや少ないのが特徴で……あれ違ったかな、ボロンムソ・アモ・ムチムチだったたっけ？」

教授は黙り込むと、遠いジャングルに想いを馳《は》せるように遠い目をした。

「いや、それはいいんです」と学生は慌《あわ》てて遮る。「とりあえずその毛深い実は脇《わき》に置いて、僕の話を聞いてください」

「ウーン」

「先生！　先生！　どうしても駄目なんですか？」

「駄目だよ。それは、どうしたって駄目だよ。べつに留年するわけじゃなし、もう一年真面目《まじめ》にやればいいだけの話じゃないか。出席数が足りていてもさ、あんな答案じゃ、いくら僕でも単位は上げられないよ。あんなので合格させたら、真面目に勉強した人たちに申し訳が立たないもの」

「四畳半統括委員会がですね……」

「四畳半統括委員会の都合は知らないけど、あんなふうに誤魔化して単位がもらえるなんて、そんな魂胆は君たちを駄目にするばかり。社会でそれが通用するかい。僕もここぞというときはキビシイよ。出直しておいで」

「先生、この狸の手拭《てぬぐ》いで口を拭《ふ》いてください」

「それはどうもありがとう。でも、賄賂《わいろ》はきかないよ。たとえ狸でもさ。だから帰りなさい。これは僕なりの思いやりなんだからさ。いくら粘っても僕は譲らないよ」

そして教授は謎《なぞ》の果実をむしゃむしゃ食べる。

さすがに無理か、と学生はうなだれた。

そのとき彼らは気付かなかったが、スチールラックの天井近くに、一匹のヤモリが張りついていた。ヤモリは何かの拍子で研究室に迷い込んでしまったのだが、その不毛の新天地に絶望していた。それまで縄張りにしていた便所窓が楽園に思えた。蛍光灯の光に誘われた虫たちが寄ってくるから、じっと待っているだけで良かったからである。

ヤモリはうかうかと移動したことを後悔した。

しかし、そんなことは表情に出さず、じっと壁に張りついている。

○

ヤモリが壁に張りつくことを可能にしているのは、その足の裏側にある特殊な仕組みである。ということが先頃外国の科学誌に発表された。その足裏の生物学的仕組みの間隙《かんげき》を縫うように走る街路を辿っていくと今出川通に出、そのまま進めば賀茂大橋《かものおおはし》に達する。

ぽかんと広がった空の下、橋から北を眺めれば、高野《たかの》川と賀茂川が合流して鴨川になる地点の雄大な景色が眺められる。正面には下鴨神社糺ノ森《ただすのもり》が青々と茂っていて、遥《はる》か北の果ては幾重にも重なる山影がぼんやり霞《かす》んでいる。橋から見下ろせる三角地帯は、学生の間で通称「鴨川デルタ」と呼ばれて親しまれている。

今、その鴨川デルタの突端に一人の学生が立ち、マンドリンを抱えて語っていた。漠然と節をつけて「命短し歩けよ若人、人生薔薇色《ばらいろ》棚ぼた必定《ひつじょう》」などとわけのわからぬことを唸《うな》っている。彼の前には十人ほどの学生たちが座り込んで、その説法に耳を傾けていた。

その男は丹波といい、マンドリン辻説法《つじせっぽう》と称して迷える子羊たちをさらに迷わせることを趣味としていた。彼は的確に相手の心中を見抜く名人であり、それゆえにどんな相手も腰砕けになった。そうして相手が弱ったところに、彼は誤った人生論を吹き込むのだった。彼のマンドリン説法が生み出す阿呆《あほう》の群れは次から次へと果てしなく、最近は彼の存在が学生たちに悪い影響を与えているとして大学当局からも目をつけられるに至った。

彼はぽろんぽろんとマンドリンを弾いた。

そのマンドリンの裏には般若心経《はんにゃしんぎょう》が貼《は》ってあった。

その般若心経については、さまざまな憶測がある。丹波が持つマンドリンはかつて「洛北《らくほく》マンドリン四天王」が使った名器のうちの一つで、他にも般若心経の貼られたマンドリンが三つあり、それらをすべて集めるとあらゆる願いが叶《かな》うのだと言う人がある。また、そのマンドリンは彼の父親が全共闘時代に護身用の武器としていたもので、幾人もの人間を傷つけた罪滅ぼしのために般若心経を貼っているのだ、ともっともらしく言う者もあった。そしてまた、彼がまだマンドリン同好会を追われる前、夏休みに四国室戸岬において奇岩に座って孤独なマンドリン修行に明け暮れていたとき、空海の生まれ変わりを自称する老人から無理矢理貼られたという話もあった。

どの説についても丹波は明白な回答を避けていた。

般若心経を貼ってあるマンドリンは、阿呆をこじらせる片棒を担《かつ》いでいるに過ぎない彼に、なんとなく厳かな雰囲気をもたらした。言うまでもなく錯覚である。そして厳かであるからといって何の意味もないと見抜けない間抜けたちが、また彼の毒牙《どくが》にかかるのだった。

その日は、彼が一ヶ月に一度の頻度で開いている鴨川デルタ青空説法の日だった。

とはいえ、やることに普段と変わりはない。

彼は滔々《とうとう》と好き勝手なことを喋《しゃべ》り、その合間に申し訳程度にマンドリンをかき鳴らした。マンドリンを売りにしているはずなのに、彼のマンドリンはあまり説法の役に立っているようには見えない。そもそもが独自の弾き方で弾きすぎて、マンドリン同好会を追われた男である。しかし彼はマンドリンが手元にないと、落ち着いて語れないらしいのである。

弾き語りが終わると、彼はマンドリンからパイナップル・キャンデーを取り出し、河原に集まった学生たちに分け与えた。

彼のマンドリンからは何でも出てくるというのがもっぱらの噂である。彼がつねにマンドリンを持ち歩いているのは、彼の全財産がマンドリンの中にあるからだとも言われた。また、そのマンドリンは異世界に通じているのだと主張する人さえあった。

○

丹波のマンドリンは四畳半に通じていた。

神々《こうごう》しさのかけらもないその四畳半こそ、無益な日々を送る学生ならば誰もが奉じる阿呆神、すなわち私の住処《すみか》であった。

あらゆる四畳半の「出《い》で来はじめの祖」であるこの四畳半は、神の寝所と言うべき万年床、書棚と机、および簡易冷蔵庫と電熱器から成っている。太古の昔、宇宙がまだどろどろの不定形であった頃に、充満した男汁が何かの拍子で凝《こご》り、この四畳半が生まれた。ここはその黎明期《れいめいき》を始点にして時空連続体の中を無限遠にまで延びる四次元的四畳半である。この宇宙に遍在する無数の四畳半は、この四畳半のいわば影に過ぎない。

私は森閑とした四畳半の中を行ったり来たりして、我が四畳半から派生する無数の四畳半と、その四畳半に生きる阿呆たちの生き様に想《おも》いを馳せる。彼らはすべて私の領分において暮らしている。しかし私は基本的に何もしていない。彼らを指導鞭撻《べんたつ》することは私の仕事ではない。もう少しなんとかしてやろうと仏心を出したところで、どうせ間接的な影響しか与えることはできないのだから馬鹿馬鹿《ばかばか》しい。

だからたいてい私はごろごろしている。

テレビを観《み》る。本を読む。飯時になれば玉子丼《どん》を作る。なぜか玉子と米だけはふんだんにあるのだ。出汁《だし》が染みてふんわりとした玉子を炊《た》きたての飯にかければ、もう他には何もいらない。他のものが食べたくても私の四畳半はたいへん狭く、商店もコンビニもないから、現在の食生活に甘んじるほかない。

「阿呆神」と人は言う。

しかしたいていの連中は、「阿呆神なんて敬う必要はない」と思っている。敬うにしてもおもしろ半分で、オモチャみたいな祠《ほこら》を作るのがせいぜいである。こんな四畳半に押し込められて何の役得もないし、つまらんことになったものだと思うが、これは私の責任でもないし、誰の責任でもない。神様というのはそういう難儀な存在である。阿呆学生たちは青春時代を空費した原因を己の阿呆ぶりに求め、ひいては一切の責任を私に押しつける。しかし私だって好きこのんで、こんな四畳半から森羅万象の阿呆たちを眺めているわけではない。立場上、やむを得ずここにこうしているだけなのである。

気分が鬱《うつ》してボンヤリしていると、電話がかかってきた。

「ああ、これはどうもご無沙汰《ぶさた》しております。樋口でございます」

相手は陽気な声で喋りだした。「一つお願い事がございまして……」

「おい、気軽に電話してもらっちゃ困る」

私は怒った。「つまらん用事だったら容赦せんぞ」

「ご存じかと思いますが、私の弟子が筋金入りの阿呆でして。親不知《おやしらず》が痛いというのに歯医者へ行かないのです。彼の歯の痛みを鎮《しず》めて、神の力を見せてやってもらえませんか？」

「歯医者へ行け」

「無論、厳しく言い聞かせます。しかしまあ、今、この一時《いっとき》でかまいませんから、阿呆神様の神通力をもってちょいと彼の歯を」

「歯医者へ行け。俺の知ったことかい」

まったくむしゃくしゃするので私は電話を切った。

これだから阿呆どもにはかなわない。何を考えているのだろう。全宇宙の四畳半を遍《あまね》く支配する神に対するにこの馴《な》れ馴れしさ。私がこの阿呆宇宙にただぽつねんと淋《さみ》しくしていることを知って、からかってやろうと思っているのだろうか。おのれ。怒っていても始まらぬ。

私は忙しいのだ。

玉子丼しか食べていないのに、日頃の運動不足がたたって腹が出てきた。四畳半で運動しろというのも無茶な話だし、いくら太ったところで誰に気兼ねするわけでもない。しかし試みにダイエット用の阿呆ダンスを開発して踊るようにしてみたら、これが意外と楽しいことが分かった。次々とへんてこな振り付けが頭から湧《わ》きだしてきて止まらない。自分にはこんな才能があったのかと毎日が驚きの連続である。いずれ身体《からだ》は引き締まり、腹筋は遠目にもそれと分かるほど美しく割れるだろう。

そういうわけで私は阿呆たちのことをひととき忘れ、お気に入りの水玉ブリーフ一丁となって、宇宙の中央で阿呆ダンスを踊る。

激しく、大胆に、艶《なま》めかしく。

○

激しく、大胆に、艶めかしく踊り続ける私のステップは、宇宙の中心たる四畳半を震わせ、そのリズミカルな振動は鴨川デルタにおいてマンドリン辻説法に勤《いそ》しむ丹波のマンドリンに伝わった。

パイナップル・キャンデーを配り終わって、締めくくりのホラを吹こうとした彼は、つま弾きだした自分のマンドリンの音色が、これまでに聞いたことのない独特の震えを帯びていることに気づいた。

その哀愁漂うマンドリンの音色は、夕闇《ゆうやみ》に沈みつつある川の水面《みなも》を渡り、対岸でジョギングする人々やベンチでたがいの毛穴を点検している仲睦《むつ》まじい男女さえ惹《ひ》きつけた。無関係な人々が三々五々立ち止まり、マンドリンの音色に耳を澄まして、その夕暮れのひとときを過ごした。

丹波一人が怪訝《けげん》な顔をしていた。

「俺はこんなに上手だったかな？」

彼の素晴らしい演奏は、群れ集っていた男たちの胸を打った。デルタで座っていた男たちの間で嗚咽《おえつ》が広がった。彼らの嗚咽とマンドリンが作り出す異様なハーモニーがさらに人を呼び、そうして生まれた涙がまた涙を呼んだ。川の土手はマンドリンに聞き惚《ほ》れる人々で埋まっていく。

そして彼らの鳴咽が世界を震わせた。

○

彼らの鳴咽しているところの世界はヤモリの足裏に位置している。己の足裏に常にない異常な響きを感じるらしいヤモリは、先ほどから右足をちくちく動かしていた。粘着力が弱まっている。彼の張りついたスチールラックの下では、淀川教授が果汁でびしゃびしゃになった口を手拭いで拭い、大きく伸びをしている。

ふいにヤモリは足をスチールラックから離し、その白い体を宙に躍らせた。

そして落ちたのは淀川教授の肩である。紺色でフケの積もった背広の肩にヤモリがペトリとくっついたとたん、今まで楽しげに不気味な果実を頬張っていた教授のにこやかな表情が一変した。彼は世界のジャングルを股《また》にかける大学教授とも思われぬ、まるで十四の乙女のような甲高い悲鳴を上げた。

「いやーッ!」

どうやら淀川教授はヤモリだけは苦手であるらしいのだ。

学生はその悲鳴にたじろいだ。ヤモリが落ちてきたことに気づかなかった彼は、淀川教授が悲鳴を上げるほど自分に単位をやるのが嫌なのだと思った。泣き叫ぶ教授から単位を巻き上げるほど自分は極悪非道ではないと彼は今更手遅れの紳士面《づら》をして出て行こうとしたが、くるりと踵《きびす》を返した背中に淀川教授が「待ってちょうだい！　助けておくれ！」と叫ぶ。

「なんですか？」

学生は逃げ腰である。「すいません。僕が悪うございました。反省して、以後はこのようなことがないように気をつけますので……」

「なんの話？　そんなのどうでもいいよ！」

「単位の話じゃないんですか？」

「違うってば！　このヤモリを取っておくれよ！　お願いだ！」

「ヤモリ？」

「ここにいるじゃないか！　僕の肩のここに！」

学生はようやく教授の肩に張りついているヤモリに気づいた。教授は腰痛《ようつう》に悩む人物のように前かがみになり、そのまま虚空《こくう》を凝視して鯉《こい》のように口を開閉させている。手には「美女の鼻毛」の残骸《ざんがい》を握りしめ、したたり落ちる果汁がズボンを汚すことも気にならない様子である。

「ヤモリがお嫌いなんですか？」

「そうとも！」

「こんなに小さいのに？」

「小さいから駄目なんだよ。恐竜ぐらい大きければ僕も怖くはないんだ」

「あいにく、僕もヤモリは好きではないんです」

「僕はヤモリが恐ろしいんだ。もう駄目だ。体が動かない」

「先生、僕は今、一年の努力が無駄になってすっかり意気消沈しているんです。とても体が動かないんです。尊敬する先生の窮地を救って差し上げたいのは山々なんですけど……」

「は、や、く、し、て！　再試験してあげるから！」

「でも僕は悪人じゃないですよ、先生の弱みにつけこむなんてそんなこと……」

「いいから！　なんでもいいから！」

学生は流麗な仕草でヤモリをコピー用紙の上に回収した。そしてそれを廊下に持って出て、「ありがとうよ」と優しく呟《つぶや》き、そっと自由の身にした。ヤモリは懐《なつ》かしの便所窓を探して去った。

かくして学生は失いかけた単位を手に入れたのである。

その後、彼はそのご縁から淀川教授の研究室に入ることとなり、研究室で出逢《であ》った美人に良いところを見せたいばっかりにまじめに研究に勤しむようになり、その成果もあって、ふたりにはほのかな恋の予感すら芽生えたのであった。

薔薇色《ばらいろ》の学生生活の甘い汁がなみなみと彼の人生に注がれ、やがて溢《あふ》れ出した。

○

その世界を額に乗せてボンヤリしているシュレディンガーの猫は、ふいに宙を見上げて髭《ひげ》を震わせた。自分の額から蜂蜜《はちみつ》を牛乳に溶かしたような甘い汁が、つつつと一筋流れてきたのだ。これは気分の悪いものである。猫はギェッと叫んで頭を振った。

飛び散ったその甘い汁が暗い夜空から降ってきて、疏水《そすい》の水面にさざ波を作った。それに驚いたのか、ふいに葉陰で小さな緑の光が明滅し、ふわりと水面を過《よ》ぎった。

大日本凡人會の面々は、まるで子どものように歓声を上げた。

「あ、まだ蛍がいるじゃないか」

「ほお」

「こうして見ると、やっぱりきれいなもんだな」

「つまりこいつも置いてけぼりにされたんだろうか？」

「それもなんだか可哀想《かわいそう》だな。生物界はたいへんなんだよ。生き馬の目を抜く世界なんだよ。こいつにだってこいつなりの夢があったろうに」

その小さな光はしばらく彼らの立つ小橋の下を漂っていた。

大日本凡人會の面々は、蛍の光を眺めながら溜息《ためいき》をついた。ひとりで一生懸命に尻《しり》を光らしているその蛍が、まるで自分たちの同志のように感じられてきたのだ。ここにひとりで戦っている生き物がいる。自分たちは何を了見の狭いことでカリカリしていたのであろうか。

ふと気がついてあたりを見回してみると、生暖かいような夜の闇には何か蜂蜜を牛乳に溶いたような甘い匂《にお》いがしていて、それが彼らの心を落ち着かせた。

「蛍も頑張ってるじゃないか」

「俺たち、なんでイライラしてるんだろうか？」

「つまらぬことで」

彼らはそこからぶらぶらと銀閣寺の方向へ哲学の道を引き返していった。

歩きながら、仲間の一人がしみじみと反省を始めた。「我々はもっと器の大きな人間にならなくては駄目だよ。ホントに駄目だ。俺は数学の研究に本腰を入れることにしよう」

「阿呆でもかまわない。でも、器の小さいのはいかんね」

「阿呆かつ器が小さいのは本当に駄目だね」

「僕はなんて駄目な人間だったんだろう」

「あんまり落ち込み過ぎるのも良くないよ」

「どうだい。我々は丹波氏を許してやろうではないか。乙女とねんごろになったっていいじゃないか。性の理論を独自に追求していくのもかまわない。我々はそんなことで、無益な怨恨《えんこん》を抱くような人間にはなりたくない。我々は我々の道を行く」

「俺たちもつねに尻を光らすぞ」

「異議なし」

「この清い決心を表現するため、これから阿呆神様に参ろう」

　彼らはアパートに戻ると、すぐさま新しい蠟燭《ろうそく》と大きな瀬戸物のどんぶりをもって、黒々とした謎《なぞ》の配管が剝《む》き出しになって蛍光灯の明滅する廊下を伝い、埃《ほこり》とガラクタの積もった階段を上り、暗い屋上へ出て行った。蠟燭の明かりが揺れる中、彼らは阿呆神の祭壇に供えていた小さなお猪口《ちょこ》を撤去して、なみなみと焼酎《しょうちゅう》を注いだ瀬戸物のどんぶりを供えた。そして四人で行儀良く祠《ほこら》の前に並んだ。

「阿呆神様、阿呆神様」

彼らは柏手《かしわで》を打って頭を下げた。

「我々は良き阿呆が報われる世界を信じ、ここにもっと器の大きな良き阿呆となることを誓います。つきましては我々に富と名声と、麗《うるわ》しの乙女との浪漫《ロマン》的な出逢いをお与えください。他にはもう何も望みません」

それから少なくとも数日間、彼らは神妙に暮らした。

〇

その阿呆神の祠に供えられている器は、図書館警察の忘年会幹事を押しつけられて思い悩んでいる男の人間としての器の大きさと連動していた。なぜなのか理由を説明することはできない。宇宙と宇宙はそういうふうにつながっていることもある、ということである。大日本凡人會の面々が「富と名声と、麗しの乙女との浪漫的な出逢い」を願って瀬戸物のどんぶりを供えたとき、黒谷界隈《くろだにかいわい》のアパートの一室で壁を見つめて涙ぐんでいた男の器がお猪口大からどんぶり大に大きくなった。

「そうなんだ」

彼は呟いた。

「どうせ何をやったところで文句は言われるし、大混乱は起こるのだ。僕が成功しても失敗しても、悩んでも悩まなくても、どうせめちゃくちゃになってしまうんだったら同じことだ。それなら最初からありったけ無茶苦茶にしてやる。図書館警察史上、最も混乱した忘年会にしてやる。糞《くそ》ったれＯＢでも部外者でも暗殺者でも勝手に乗り込んでくるがいい」

彼は決意した。

何しろ彼の器は大きくなってしまったので、些細《ささい》なことでは動じなかった。先輩たちに何を要求されても、フフンと薄ら笑いを浮かべる姿は不気味であった。

「僅《わず》か数日のうちに何があったんだろう。まるで別人だ」と組織の先輩たちは怯《おび》え始めた。

この若造を悩ましてやろうと手ぐすね引いていたＯＢたちは、結婚祝いであるとか、赤ちゃんの誕生祝いであるとか、英会話教室の先生の送別会であるとか、さまざまな会をまとめて開催させようとした。しかし彼は無理な要求の一切に「まかせてください」と静かに言うのみであった。あまりにも一切を受け容《い》れるので、人が人を呼ぶ。呼ばれた人がさらに人を呼ぶ。

かくして、水に落ちた油の粒が集まるように数え切れない忘年会や祝賀会や送別会が融合した結果、図書館警察の忘年会であったものが何か別のものに変質するまでに時間はかからなかった。組織の他のメンバーたちが「なんだか妙なことになっている」と慌《あわ》て出したときにはすでに手遅れであった。

変貌《へんぼう》した幹事は、あり得ない規模に膨張した忘年会を運営するために、図書館警察とは独立した組織「大忘年会実行委員会」を私的に立ち上げており、一切はその委員会に掌握されていた。忘年会がどのように実行されるのか知ろうとしても、委員長の居どころはその複雑怪奇な官僚的メカニズムの奥底に埋もれて、杳《よう》として知れなかった。

ついに到来した忘年会当日において、学園祭規模に拡大した忘年会は燎原《りょうげん》の火の如《ごと》く京都の街に広がった。その大混乱の中では、たとえひねくれ者のOBや先輩たちが幹事に文句をつけようにも、今や大忘年会実行委員会委員長となった幹事はどこにいるのだかてんで分からなかった。かくして彼は見事に逃げおおせ、後年に図書館警察と激しく対立することになる大忘年会実行委員会を突然設立した男として長く語り継がれることになった。

大忘年会は夜更《よふ》けまで続き、騒ぐ人々で街が揺れた。

一切は蝸牛《かたつむり》の角の上で繰り広げられていたということを忘れてはならない。

○

その蝸牛は角の上がいやに騒がしいと思って、ぴくぴくと角を震わせ、笹《ささ》の葉から滑り落ちた。そうして落ちた先はふんふんと笹藪《やぶ》を嗅《か》ぎ廻っていた猪《いのしし》の鼻面である。

猪はふいにべっとりと柔らかいものが鼻を覆《おお》ったので仰天し、腹を立てて顔を振り廻した。そして蝸牛を払いのけた後、目前に呆然《ぼうぜん》と立ちつくしている貧弱な学生の姿に目を止めた。

猪と芽野は睨《にら》み合う形になった。

猪は鼻を鳴らし、芽野に向かって突進してきた。

芽野の脳裏には「大学生、遭難した鞍馬の山中で猪に襲われて死亡」という新聞記事が過ぎった。一晩で挫折《ざせつ》したとはいえ、これがあの空海を目指した虚空蔵求聞持法《こくうぞうぐもんじほう》の修行という崇高な想《おも》いに基づく暴挙であったことが新聞に書かれることはないだろう。「阿呆な学生だな」という一言で片付けられるであろう。そんなものなのだ。そして両親は泣くだろう。友人たちは泣いたらいいのか笑ったらいいのか分からずに曖昧《あいまい》な顔をするだろう。

芽野は「うわあ！」と叫び、弾《はじ》けるように走り出す。

ドドドドと足音が背後から迫ってくるのが聞こえて、彼はいつ背中に致命的な一撃を喰らうかと恐れに恐れ、もはや何も見ることができなかった。方角も分からぬ。突きだした枝で頰が切れて血が流れていることにも気づかない。走りに走った挙げ句、ふいに眼下に開けた斜面に飛び出し、半ば転がるようにして駆け下った。猪は追いかけていないかもしれないが、勢いがつきすぎて背後を振り返ることもできなかった。

「もうだめだあッ」

倒れ込むようにして藪を突き抜けた彼は、細い林道へ出ていた。明らかに人の手によって作られた道である。猪は襲いかかってくる気配がない。どこか違った方角へ猪突猛進中らしい。

「逃げ切った……」

血を流しながら息も絶え絶えに座り込んでいると、賑《にぎ》やかな子どもの笑い声が聞こえてきた。林道の向こうから家族連れが姿を現した。

父親が彼の姿を見つけ、「どうしたんですか」と用心しながら言った。

「ここはどこですか？」と芽野は呟いた。

「このまままっすぐ行くと、貴船《きぶね》口《ぐち》ですよ」

「ああ、そうですか」

その父親は得体の知れない男から家族をかばうようにして通り過ぎ、林道を下っていった。

芽野はしばらくポカンとしていたが、やがてさめざめと泣き、それから立ち上がって、緑でキラキラしている山の斜面に向かって雄叫《おたけ》びを上げた。木立の奥へ彼の叫びがこだました。すると彼の叫びに応《こた》えるように、山裾《やますそ》から吹き上がる風がドッと森を揺らした。もはや沙門空海が室戸岬で体得した秘法のことなど忘れていた。生きてそこにある喜びだけが彼を満たしていた。

貴船口へ続く林道を一足ごとに確かめるように歩きながら、阿呆でも何でもいい、たくましく育ってやると彼は呟いた。「あと、ちゃんと地道に勉強しよう。猪に追われるよりマシだ」

そうして風の響きを聞きながら、胸のうちにも爽快《そうかい》な風が吹き渡るのを感じた。

○

まるですうっと親不知《おやしらず》の谷間に風が吹き渡るような感じがしたかと思うと、先ほどまで七人の小太りの小人たちが鉄のハンマーで陽気に叩《たた》いていたかのような痛みが消えた。

文学青年風の学生は頰を撫《な》でて唖然《あぜん》とした。

「本当に治った！」と彼は叫んだ。「そんな阿呆な。阿呆神畏《おそ》るべし！」

ぬらりひょんがにやにや笑った。

「また師匠の口車に乗せられてますね。そんなわけがないでしょ」

「だって本当に痛みが消えたんだぜ」

「あなたもどうしようもない阿呆ですねえ。そんなことではすぐに詐欺師《さぎし》にひっかかりますよ。僕に阿呆をうつさないで欲しいなあ」

「信じる阿呆は救われる、だよ。ゆめゆめ疑うことなかれ」

浴衣《ゆかた》男はコップに注いだ麦酒《ビール》を飲んだ。天真爛漫《らんまん》な笑みを浮かべて可愛《かわい》い顔をした。

「それと、悪いことは言わないから、早く歯医者へ行きたまえ。貴君」

そういう夜であった。

彼らの傍らに座っている黒髪の乙女は、フンと鼻を鳴らして大皿に手を伸ばした。大きな饅頭《まんじゆう》を手に持ったまま、壁際《かべぎわ》に積み上がった神秘的ガラクタの数々や、それらに埋もれるようにしてホラ吹き合戦にうつつを抜かす学生たちを、監視カメラのように見渡していた。

やがて彼女は呟《つぶや》いた。

「見渡すかぎり阿呆《あほ》ばっかり」

真夏のブリーフ

「あう。もしもし」

「鈴木君、声がヘンだよ。寝てたの？」

「これから寝ようと思ってたとこ」

「念のために言っておきますけど、現在午前十時ですよ。ああチクショウ、あっついわね！」

「三浦さん、朝っぱらからチクショウはやめて」

「私、暑いのってホントに嫌いなんですけど。地球温暖化って本当なの？　子どもの頃は、こんなに暑くなかったと思うわ。冷房をつけなくても我慢できたもんね。これ以上暑くなるんだったら、涼しい国に亡命してやるからなコンチクショウ」

「憤《いきどお》っているところ申し訳ないけれども、僕はとても眠いのだ。昨日は芽野たちと徹夜してね」

「一晩中？」

「鮨《すし》詰め鍋《なべ》パーティをちょっと」

「本当にやったの？　あの四畳半で？　この暑いのに？　あなたたち、そんなことばっかりしてるのね。もうホント、その手の話は聞き飽きたわ」

「死ぬかと思ったよ」

「死ねばいいのに」

「そっちのベランダから見えなかった？　芽野の部屋のカーテン開けて、三浦さんの部屋の明かりをみんなで眺めてたんだ。ああ、あそこで三浦さんがぐうたらしてるんだなあって」

「覗《のぞ》かないでよ、ヘンタイどもが。私の悪口でも言ってたの？　詭弁論部《きべんろんぶ》の人たちは罵詈《ばり》雑言《ぞうごん》と屁理屈《へりくつ》しか言わないんだから」

「純粋に意見を述べただけだよ」

「芹名《せりな》君が窓辺で煙草《たばこ》吸ってるのは見えたよ。あの人、凄《すご》い気取ってるでしょう。なんだかイライラするからカーテン閉めたわ。あの人『クオ・ヴァディス』とかぶつぶつ言うし……ラテン語だってさ。私のこと馬鹿《ばか》にしてるんじゃない、年下のくせに」

「彼は人類全般を馬鹿にしてるところがあるね」

「やっぱり私を馬鹿にしてるのね。鈴木君ももう少し後輩の教育に力を注いでよ」

「そのかわり彼は平等だよ。分け隔て無く馬鹿にしてるから」

「ふふん。知ってるのよ、芹名君が怪談の会に出て、お化けが怖くて逃げたこと。行灯《あんどん》倒して会場丸焼きにしそうになったんでしょ？　転んでオシャレな眼鏡を割ったんでしょ？　いくらラテン語勉強してたって、お化けが怖くてどうするの？」

「なんで三浦さんがそんなこと知ってるの？　それ、重要機密なんだけど」

「私の情報網を舐《な》めないでね。でも芹名君の屈辱なんてどうでもいいの！　緊急事態発生です。ＳＯＳ、ＳＯＳ」

「……」

「おーい、鈴木君。聞いてる？」

「うん？　ごめん。ぼーっとしてた。眠いのだ」

「状況を報告します。黄色地に紫の水玉模様のブリーフ一丁の男性が、日傘を持って立っています。緊急事態発生、緊急事態発生」

「なんだって？　どんなやつがどこにいるって？」

「芽野君のアパートと、うちのマンションの間に空き地あるでしょ？　前まで『てんぐ食堂』があったとこ。そこに男性が一人で立ってるの。黄色地に紫の水玉模様のブリーフ。日傘してる。どう思う？」

「ブリーフ以外は何も身につけてないの？」

「真っ裸。日傘だけ。これって猥褻《わいせつ》物陳列罪になる？」

「知らんよ。でも、この暑さだからね。ソッとしておいてあげなよ」

「暑ければ何をしてもいいっていうわけ？」

「そういうわけではないけどね。その男は何か危険なそぶりでも？」

「ちょっと待ってね、今見るから……うーん、とくに何もしてないみたい。二十代後半ぐらい？　日傘さして、空を見てる。いやあ、しかし、どう考えてもあのブリーフは犯罪ですね」

「筋肉はどんな感じ？」

「なんで筋肉なんか気にするの？　意外に鍛え上げてる感じ。腹筋の割れ目もここから見えるぐらい」

「それじゃ僕は太刀打ちできそうもないな」

「……きゃ！　こっち見た。やばいよ、これはやばい」

「警察に相談したら？」

「緊迫感のない人ね！　今、目が合っちゃったよ！　これで警察呼んだりしたら逆恨みされて、きっと殺されちゃうよ。私がそんな目にあってもいいの？」

「三浦さん、ブリーフの柄だけで人を判断してはいけない」

「ブリーフの柄が見えてるのがそもそも問題だと言ってるの。あ、ほら、いや、また目が合った！」

「ベランダでじろじろ見てるからだ。窓閉めて、カーテン引いて」

「だって気になるでしょ？　気にならないの？　マンションの裏の空き地に、水玉ブリーフ一丁の男がぽつんと立ってるんだよ？　日傘さして、ちょっと哀《かな》しげな瞳《ひとみ》で」

「だから僕にどうしろと？　筋肉的見地から見ても勝ち目はない。鍵《かぎ》をしっかりかけて、部屋に閉じ籠《こ》もっているべきだ。そのうちに、そいつもどこかに行くだろ。この暑さだから」

「いいわよ。じゃあそうするけど、鈴木君はそれでいいのね。私はべつに鈴木君にブリーフの男と殴り合ってくれと言ってるわけではない。ただ安心を求めているだけです。ここで私のSOSを無視して、いざ本当に何かが起こったら、きっと一生忘れられないわよ、脅すわけじゃないけど」

「……分かったよ、とりあえず見に行く」

「嬉《うれ》しい。お願いがあるんだけど」

「ついでにコンビニに寄ってきてくれる？」

「なんだい？」

○

三浦さんは電話を切り、陽射《ひざ》しの降り注ぐ空き地を眺めている。

空き地の向こうには二階建ての古いアパート「一乗寺《いちじょうじ》月見荘」が建っており、陰気な窓が点々とならんでいる。窓と窓の間をテレビのアンテナ線が不格好に垂れ下がっている。「てんぐ食堂」が建っていた頃は気にならなかったが、食堂の取り壊しを機に隠蔽《いんぺい》されていた裏面を剝《む》き出しにされたアパートは、その真価を遺憾なく発揮し、これまでに輪をかけて貧相に見える。

彼女は芽野の部屋の窓を観察してみたが、網戸の向こうで動くものの気配はない。

彼女は一度同じ研究室の鈴木に頼んで、その一乗寺月見荘で開かれた「詭弁論部」の集まりに参加したことがある。詭弁論部というのは、魂の半分が屁理屈でできている阿呆《あほう》たちの牙城《がじょう》である。人間関係研究会の後輩の楓《かえで》さんに頼まれ、「屁理屈に凝り固まった男たちとの会話マニュアル」を作成するために出かけたのであった。

その四畳半がいかにひどい有様であったかということを思い出して、彼女は眉《まゆ》をひそめる。

彼女は遮光カーテンを引いて夏を閉めだし、お気に入りの空豆色のソファに戻る。

これから洗濯をすれば、ベランダに干している間に汗をかく。外へ出れば街路を吹き渡る砂漠のような熱風に薙《な》ぎ倒されそうになる。太陽は彼女の身体《からだ》を焼いて、自慢の二の腕を黒焦《こ》げにする。彼女は汗をかくのも日焼けするのも大嫌いである。

「もう今日は外に出ないぞ。勉強もしない。バカンスだ」

彼女はちょっとした休息のことも、「バカンス」と言う癖がある。

冷房の効いた三浦さんの部屋は快適である。非四畳半的である。

彼女は埃《ほこり》をはたき、掃除機をかける。それから、旅行雑誌を眺めて架空の旅の日程を組む。「芸術家みたいにモンマルトルでごろごろしたらどうかしら？」ということを考えるが、そもそも彼女は芸術にはあまり興味がないし、モンマルトルがどんなところか知らない。それよりは涼しいところがいい。より涼しいところへ涼しいところへと飛び石を伝うように、誌面を辿《たど》る彼女の指先は日本列島を北上していく。ふと思い立って北海道のホテルをインターネットで検索するついでに、詭弁論部の掲示板に書き込みをする――「水玉ブリーフの男、出現」。ふと冷凍庫にアイスクリームが残っていたことを思い出して「ひゃっほう」と喜びの声を上げる。アイスクリームで身体の冷却を図るかたわら、後輩の楓さんから借りた恐怖映画を観《み》て心理的にも冷却を図る。三十分もすると双方共に冷えすぎたので観るのを止める。音楽を聴きながら雑誌をめくってみる。飽きたのでタオルケットを腹に巻いて、ごろごろする。伏見《ふしみ》稲荷《いなり》で買った狐《きつね》の置物をソファの下から発見したので、埃をはらってやり、テレビ台に安置してやる。「なむなむ」と拝む。

「文明って素敵ね……」と彼女は正座してエアコンを見上げる。

彼女にとって、文明とは冷房であり、冷房は文明である。

電話がかかってきたので鈴木かと思えば、人間関係研究会の楓さんである。その物静かでおしとやかな印象からは想像しにくいが、あの形の良い頭の中には血みどろ恐怖映画と異常心理殺人の知識が詰め込まれている。

「借りた映画観てるよー、まだ途中だけど」と三浦さんは言った。

「どうですか？　すごい？」

「うん。今ね、水玉ブリーフの男がホテルマンをバスルームで殺したとこ」

「そこからもっと怖くなるの。血みどろです」と楓さんは上品に囁《ささや》く。「それはもう血みどろなのです」

上品に「血みどろ」と発音した後、楓さんは口をつぐむ。

「どうしたの？」と三浦さんが促す。

「柊《ひいらぎ》君と約束してて……進々堂《しんしんどう》で待ってるんだけど、彼が来ないんですね」

「電話してみた？」

「したけど、出ない」

「寝てるんじゃない？　芽野君たちと昨日は徹夜だったみたいよ」

「心配で……死んでたらどうしよう？」

「血みどろだったりして」

「やめてやめて」

楓さんは実のところ心配性で怖がりである。

三浦さんはため息をつく。「分かったよ。起こしてみる」

「よろしくお願いします」

楓さんの恋人たる柊は、このマンションの四階で暮らしている。

三浦さんは部屋から出る。

マンションの裏側を叡山電車が出町柳《でまちやなぎ》に向かってガタガタと走っていく。線路の向こうには民家や小さな工場や銭湯の煙突がそびえる町が広がる。空にはむくむくと灰色の雲が湧《わ》いてきて、あたりが翳《かげ》る。それでもいっそう蒸し暑くなるようで、町は蜃《しん》気楼《きろう》のように現実感がない。

彼女は階段を上りながら「めんどくさ」と呟《つぶや》く。

四階の廊下を歩いて柊の部屋の前まで来て、インターホンを何度も押す。

「やっぱり寝てるのかな？」

彼女はドアに耳をつける。「あ、冷たい」

部屋の奥で柊がべらべらと喋《しゃべ》っているのが聞こえてくる。何を言っているのか判然としないが、笑い声が混じるから上機嫌なのであろう。妙である。本来の彼は無口無表情無愛想で、楓さんが三浦さんに彼を紹介したときさえまるで無反応、儀礼的な笑みを浮かべる手間さえ惜しんだ男だ。

三浦さんは自室に戻り、楓さんに電話をかける。

「生きてたよ」

「本当？　良かった」

「でも、しんどそうだったよ。もしかすると、また寝ちゃったかも」

彼女はとっさに嘘《うそ》をつく。「今日はもう帰ったら？」

「うーん。でも、もうちょっと待ってみます」

電話を切って、三浦さんはソファにぽかんと座り込む。

柊が喋っていた相手は誰であろうかと考えている。柊の悪友たちは無益な徹夜の報いで万年床に倒れ伏し、貴重な青春の一日を空費しているはずである。それなのに彼はあんなに上機嫌に喋っている——「浮気だ」と彼女は確信する。「浮気に違いないぞ」

ソファで膝《ひざ》を抱えてゆらゆらし、黒々とした想像をめぐらせて遊んでいると、ごろごろと不吉な音が聞こえてくる。遮光カーテンを開けて空を覗いてみれば、空はすっかり翳って、大粒の雨が降りだしている。

目の前が一瞬白くなって、やがて雷鳴が響く。三浦さんは首をすくめて窓から離れる。

「鈴木君、どうしてるだろ？　大丈夫かな？」

心配になって電話をかけると、鈴木は百万遍知恩寺《ちおんじ》の阿弥陀堂《あみだどう》にいるらしい。そんなところで何をなむなむ拝んでいるのかと思うが、寺の境内で淋《さみ》しく雨宿りをしている鈴木の姿を想像するとかわいそうな気にもなる。彼女は手遅れになったときにかぎって優しさを発揮する人である。

「鈴木君、もういいよ」と彼女は言う。「水玉ブリーフのおじさんはどこかへ行っちゃったし……。徹夜で疲れてるんでしょ？　雨が止《や》んだら帰って」

「うん、分かったよ」

鈴木はしょんぼりした声で言う。「もうちょっと早く言って欲しかったなあ」

「ごめんね。じゃあ、ごきげんよう」

彼女は電話を切る。

○

三浦さんは冷房の効いた部屋で、激しい雨の音を聞きながら過ごす。

楓さんに借りた恐怖映画の続きを観始める。途中から気が遠くなるほど怖くなってきたので、十分ほどで消してしまう。「怖すぎる。どういうつもりよ!」と彼女は腹を立てる。映画を止めると部屋の静かさが気になってくる。トイレやバスルームに何らかの気配がする。柊の部屋を見に行っていた間、自分はちゃんと鍵を閉めたか、ということが気になる。振り返ればそこに水玉ブリーフの男が立っていたらどうするのか。流し台に積んであった皿がカチャリと音を立て、彼女は尻《しり》で飛び上がる。

そのまま部屋にいるのが怖いので、彼女はもう一度柊に声をかけに行くことにする。マンションの外の町並みは激しい雨に煙《けぶ》っている。マンションの廊下に降り込んでくる雨が彼女の二の腕を冷やす。

エレベーターで上がり、先ほどと同じように彼の部屋のドアに耳をつける。しんとしている。チャイムを鳴らすと、「ほうい」と寝惚《ねぼ》けた声がして、柊がドアを開ける。

彼女の顔を見るなり、「なんだ三浦さんか」と彼はつまらなそうに言う。上級生に対する口のきき方がまるでなっていない。

「……柊君、頭、どうしたの？」

「頭？」

「髪がなくなってるんですけど」

柊は両手で頭を撫《な》で回し、怪訝《けげん》な顔をした。「たしかに」と呟いた。

「おでこにも何か書いてある」

「読んでもらえます？」

「e、x、c、e、l、s、i、o、r」

「どういう意味？」

「私に分かるわけないでしょ。どうせラテン語じゃない？」

「芹名さんだな」と怒る様子もない。あくびばかりしている。

「中に誰かいるの？」

「誰もいない」

三浦さんは心中で「嘘つけ」と考える。「あのね、楓さんがずっと喫茶店で待ってたんですけど。約束してたんじゃないの？」

「ああ」

「いいかげんな人ね。ちゃんと連絡して謝りなさい」

「ああ」

「ちゃんと聞いてる？」

ふいに柊が呟く。「水玉ブリーフ」

「え？　なんて言った？」

「なんでもないですよ」

そして坊主頭《ぼうずあたま》の巨人はドアを閉じる。

雷鳴の轟《とどろ》く中、憤《いきどお》りながら三浦さんは自室に戻る。怒ったせいで怖さは忘れている。お腹《なか》が減ってきたので、冷蔵庫から残り物を出して簡単な食事をする。

それから、溜《た》まっている雑誌を整理する。床に座って雑誌を次々にぱらぱらめくり、涼しげな写真があれば切り抜いていく。南極のペンギンや海の写真をたくさん並べる。三浦さんは写真を切り抜いてスクラップ帳に貼《は》るのが趣味である。涼しくなるもの、美味《おい》しそうなもの、元気が出るもの、寝る前に見るもの等と用途によって分類されている。スクラップをすませて、雑誌を重ねて紐《ひも》で縛ると眠くなってくる。横になってタオルケットを腹に巻き、スクラップをめくっているうちに彼女は眠りに落ちる。

目を覚ますと雨はすっかり上がって、遮光カーテンの隙間《すきま》から黄金色《こがねいろ》の陽射しがちらちらと見えている。パソコンを起動して掲示板を覗《のぞ》くと、起きだした芹名が彼女の書き込んだ水玉ブリーフの男について意見を述べている。「水玉ブリーフは互いに生み出し合って増殖する無数の小宇宙を象徴しており、その図柄は四畳半宇宙を統《す》べる『阿呆神《あほうしん》』の紋章としてしばしば用いられる。四畳半統括委員会の構成員たちが水玉ブリーフをモチーフとした文様《もんよう》を手帳に印字していることは広く知られ、彼らの配布するパンフレット『聖なる阿呆の伝説』に拠《よ》れば、そもそもブリーフと四畳半は華厳《けごん》宗《しゅう》の教えと宇宙創成理論と密接な関係を有し……云々《うんぬん》」と嬉々《きき》として書き連ねた後、「ｅｘｃｅｌｓｉｏｒ！」と締めくくっている。

「阿呆《あほ》だわ、こいつ」と三浦さんは呟く。

もうすっかり夕暮れである。

三浦さんは冷蔵庫からよく冷えた麦酒《ビール》の缶を出し、ベランダに出る。がらんとした空き地の隣を、叡山電車が走っていく。雨に濡《ぬ》れた家々の屋根が夕陽できらきらと光っている。雨上がりの涼しい風が吹いてきて、懐《なつ》かしい匂《にお》いがする。その匂いが何の匂いなのか彼女には分からない。彼女はベランダから身を乗り出すようにして麦酒を飲む。子どもの頃を思い出す。遠くから響いてくる町の音に耳を澄ませる。

彼女がそうやってベランダで麦酒を飲んでいると、空き地の向かいにあるアパートの窓が開いて、芽野が顔を出す。髪をぐしゃぐしゃとかいて、大あくびをする。

彼女が手を振ると、芽野も気づいて手を振る。

「おはよー」と彼女が言う。

「おはようございます」と芽野が言う。

しばらく彼らはぽかんとして見つめ合う。やがて芽野が「何か用ですか？」と言うと、彼女は笑って缶麦酒を掲げる。「なんでもない」と彼女は言う。

「ホントになんでもない一日だったなーって思っただけ」

○

徹夜明けの鈴木が意識朦朧《もうろう》の体で朝の大学構内を歩いている。

午前中とは思えない強烈な陽射しが照りつけて、さわやかな朝の気配はない。まるで温めた水飴《みずあめ》をかきわけて歩くようだと彼は思う。夏休みに入った大学には人の姿もほとんどなく、学生の声よりも蟬《せみ》の鳴き声のほうがうるさい。

北部構内を出て、今出川通を渡り、法学部を抜ける。時計台のわきをぬけて、正門を出て、吉田《よしだ》神社の参道へ出る。吉田神社を背にして垣根沿いに歩き、東山東一条《ひがしいちじょう》の交差点まで出る。車がぎらぎらと光りながら往来している。信号待ちをしている間に、彼の意識は交差点の上空へと吸い込まれていく。あやうく卒倒する寸前で我に返る。

医学部の北、鞠小路通《まりこうじどおり》沿いに建つアパートに帰り着く。

三浦さんから電話がかかってくる。

「あう。もしもし」

「鈴木君、声がヘンだよ。寝てたの？」

「これから寝ようと思ってたとこ」

そして水玉ブリーフの男を巡る対話が行われる。

電話を切ったあと、鈴木は扇風機を前に正座したままうなだれている。

前夜の記憶が光輝く断片となって、流星のように彼の脳を通り過ぎていく。四畳半の中央で湯気を上げる鍋《なべ》、灰汁《あく》を掬《すく》わないから工業廃水のように濁った出し汁、むせかえるような汗の匂い、芹名が窓辺でくゆらす煙草《たばこ》の匂い、空き地の向こうに見える三浦さんの部屋の明かり、柊の頭に出現したミステリーサークルもどき、そして酔っぱらった芹名が天井を指さしてラテン語を呟いているわけのわからない夜。

「おお、そうぢゃ。眠ってはいかん」

鈴木は重い身体《からだ》を起こし、窓辺に干してあった手拭《てぬぐ》いを水で濡らして全身の汗を拭う。

それにしても「水玉ブリーフ一丁で立つ男」というのはいったい何者であるのか。この場合、彼は猥褻物《わいせつぶつ》を陳列していると判断して良いのか。鈴木は化学を勉強しているので、法律的なことは分からない。ともかく三浦さんが救いを求めているのだから行かねばならないと考える。

彼は自転車置き場に行って立ちすくむ。

「そういえば自転車は？」

一乗寺にある芽野の下宿まで自転車で行ったことは憶《おぼ》えている。しかし、なぜ自分が歩いて帰ってきたのか分からない。彼は「チクショウ」と呟きながら、蒸し暑さをこらえて歩き出す。東大路通に面したコンビニエンスストアに入って涼をとる。しかし苦しい。目が回る。百万遍交差点で信号待ちをしていると、彼の意識はふたたび交差点上空へ吸い取られそうになる。

彼は車道を避けて、ふらふらと百万遍知恩寺に迷い込む。境内はがらんとしている。阿弥陀堂に這《は》い上がって、ついに堪えきれず横たわる。

少しだけ……少しだけ……と誰にともなく言い訳しながら意識を失う。

激しく降る雨の音と顔にかかる飛沫《しぶき》で目を覚ます。空には不気味な黒雲が走って、境内は大粒の雨で煙っている。

呆然《ぼうぜん》としていると、待ちくたびれたらしい三浦さんから電話がかかってくる。

「鈴木君、もういいよ」と彼女は言う。「水玉ブリーフのおじさんはどこかへ行っちゃったし……。徹夜で疲れてるんでしょ？　雨が止んだら帰って」

「うん、分かったよ」

鈴木はしょんぼりした声で言う。「もうちょっと早く言って欲しかったなあ」

「ごめんね。じゃあ、ごきげんよう」

そうして電話は切れる。

鈴木は阿弥陀堂に座って境内をぼんやり眺めている。

彼は三浦さんの恋人というわけではない。彼の定義によれば同じ研究室の研究仲間である。一方で詭弁論部《きべんろんぶ》の後輩たちに言わせると、彼は奴隷《どれい》であるという。芽野は「男女の関係には三種類しかない。恋人か、赤の他人か、奴隷です」と極端なことを言う。どこでそんなことを学んだというのか。昨夜は鍋を食べながら、「マゾヒストなんですね鈴木さんは」と芹名が指摘した。しかし、鈴木は自身がマゾヒストであるとは思っていない。とはいえ、三浦さんの電話が切れた後、なすすべもなく膝を抱えて阿弥陀堂の軒下で雨音に耳を澄ましていると、なんとなくしみじみと嬉《うれ》しい。その嬉しさを適切に表現することが彼にはできない。

早く自宅に戻って心ゆくまで眠りたいが、雨の止む気配がない。

三浦さんは何をして過ごしているのだろう、と彼は考える。冷房を効かした部屋、ソファ。彼は三浦さん自慢の白い二の腕に想《おも》いを馳《は》せる。そういえば水玉ブリーフの男は何処《どこ》へ。あの件はもう片付いたのだろうか。

今出川通に面した門から、黒い傘をさした人物が入ってくる。阿弥陀堂の前に立って、雨宿りしている鈴木を見上げ、面白そうな顔をする。

「やあ鈴木君。なにしてんの?」

「雨宿りです」

それは同じ淀川研究室の先輩である桃谷《ももたに》さんである。博士課程を終えた後に研究室に居候《いそうろう》し、暗中に未来を模索しながら、後輩たちを指導している。桃谷さんは傘をたたんで、鈴木の隣に腰掛ける。

「二十代の夏が、こうして何事もなく終わっていく」と桃谷さんは唐突に呟《つぶや》く。

「そうですか」

「とはいえ、これまでの夏に何か特筆すべきことがあったか、というと、特にない」

「はあ」

「……君の相槌《あいづち》には魂が籠《こ》もってない。けしからんね」

「すいません」

桃谷さんはしばらくぽかんとしている。ふいに「俺って結婚できると思う？」と言う。

「結婚するんですか？」

「なんとなく言ってみた」

「タイミングですからね、結婚というやつは。僕の経験から言えるのは、それだけです」

「……なるほど」

雨は激しく降り続いて、境内をぼんやりと煙らせている。大きな傘をさして8ミリカメラを持った小柄な女性が境内に入ってきた。彼らが阿弥陀堂に座っているのを見て、びっくりしたように目を見張っている。鈴木が曖昧《あいまい》な笑みを浮かべていると、彼女はそのまま境内を横切って本堂の方へ歩いて行き、誰もいない雨に煙る境内を撮影している。映画でも撮っているのだろうかと鈴木は思う。

「ねえ、桃谷さん。水玉ブリーフ一丁の筋肉質な男が、日傘を持って空き地に立っているとします。彼は何をしているんでしょうか？」

「それは心理テスト？　俺の結婚に関係あるの？」

「桃谷さんの結婚には関係ないと思います」

「今の俺は結婚について考えている。だから余計な話には興味ないね」

「意見を聞かせてくださいよ。水玉のブリーフについて」

「人間は追い詰められれば何をするか分からないからね」

「追い詰められたら水玉のブリーフさえはきますか？」

「夏なんだからしょうがないだろ。そんな人もいるさ」

「僕もそう言ったんですけど」

　そうして鈴木は三浦さんにまつわる一部始終を桃谷さんに語る。

　桃谷さんは雨を眺めている。「しかし君は、なんで、そんな訳の分からないことを言われてノコノコ出かけてくるんだ？　三浦さんの言いなりか？　奴隷か？　惚《ほ》れてるのか？」

鈴木君は腕組みをしている。「惚れてるような惚れてないような……」

「のんきな話だな。勝手にやっていたまえ」

やがて桃谷さんは傘をさして雨の中に立つ。

「じゃあな」

「え、行くんですか？」

「研究室に戻る。俺は君たちみたいに暇じゃないんだよ。恋の道より学問の道」

「僕も連れて行ってくださいよ。雨の中に置き去りですか？」

「相合い傘は恋人とするものだよ、君。サヨナラ」

そして桃谷さんはすたすたと歩み去る。

阿弥陀堂《あみだどう》に置き去りにされた鈴木は、じっと雨を眺めている。

〇

研究室に戻った桃谷さんはてきぱきと仕事を片付ける。たとえ結婚という難問について悩んでいたとしても、彼は研究者として有能である。

今日は日曜日なので、研究室はひっそりとしている。淀川教授は実験室で何かガサゴソと巨大な昆虫のように歩き回っている。前日にクーラーボックスに入った大量の試料が届いたので、その整理をしているのかもしれない。淀川教授の研究分野は広大であり、学生たちには窺《うかが》い知ることのできない秘密の研究が複数進行中であることを桃谷さんは知っている。教授とも今や長い付き合いである。

溜まっていた論文を急いで読み、今年度後半の実験計画を点検しているうちに、時間はすぐに経《た》ってしまう。人生は短い。窓の外の雨が小雨になってくる。ぽたぽたと静かに水の垂れる音がして、雲間から光が射す。桃谷さんは阿弥陀堂で膝《ひざ》を抱えていた鈴木のことを考える。

桃谷さんは気分転換に出かけることにする。

今出川通を歩いて進々堂へ出かける。サンドイッチと珈琲《コーヒー》を頼む。手帳を開いて人生の計画を練る。「三十歳で結婚すると……」と呟きながら未来の年表を作り、自分や妻、そして子どもの年齢を書き込んでみる。必要な資金を計算する。

だんだんつらくなってきて顔を上げると、今出川通に面した大きな窓際《まどぎわ》の席に、学部生らしい女の子が一人、ぽつんと座っている。誰かを待っているようでもある。

やがて坊主頭《ぼうずあたま》の若者が入ってくる。額に何か書いてあるのが見えたが、桃谷さんの席からは読めない。その男はゆっくりと店内を見渡し、窓際にいる女の子に目を止める。歩み寄って「楓さん」と声をかける。彼女が顔を上げて、「柊君」と答える。楓さんは自分の額を指さして「おでこ」と言う。柊は眉毛《まゆげ》を動かして「ん」と言う。柊とやらは腰掛け、彼らは向かい合う。

それっきり彼らは黙っている。寡黙《かもく》な恋人たちだな、と桃谷さんは思う。ああいう風に黙って向かい合うだけで楽しいものなのだろうか。分かり合えるものなのだろうか。俺にはちょっと想像できない領域だな、と彼は思う。俺ならばきっと沈黙に耐えきれなくて中身のないことを喋《しゃべ》り出すだろう。これまでにもそういう事態があった。面と向かって恋人から「黙れ！」と言われたこともある。あれはショックだった。今ならば、たとえば沈黙に耐えきれずにどんなことを口にするだろう——「たとえば水玉ブリーフ一丁の男が空き地に立っていたら君はどうする？」とか？

手帳に向かいながら、桃谷さんは彼ら二人の会話に耳を澄ませる。いくら待っても、きちんとした会話は聞こえてこない。彼らは珈琲を飲みながら、「あ」とか「ん」とか、そういう一言だけで意志を通じているらしい。

「ひょっとして暗号を使っているのか？」

桃谷さんは手帳の新しいページを開き、聞き取れた断片を縦に並べていく。とりたてて法則性は見いだせない。彼はやがてそれらの文字の横に架空の会話を捏造《ねつぞう》する。

わ「たしたち、みんな水玉ブリーフの男のようなものね」

そ「うだね。きっとそれが僕らのあるべき姿なのだ」

あ「あ、人類が誕生して以来、どれほど大勢の男女が、繰り返し水玉ブリーフをはいて空を見上げてきたのだろう。それが歴史というものなのだろうね。過去から未来へ無限に連なる水玉ブリーフの行列を想像してごらんよ」

な「んて素敵」

は「るかに君のほうが素敵さ」

い「じわるな人。あなたはいつも、そうやって私を騙《だま》すのね。そして私にもいつしか水玉のブリーフをはかせてしまう」

あ「くまで僕は誠実であろうとしている。君を騙すつもりはないんだ。こうして頭を丸坊主にしたのも、そのためさ」

う「うん。ごめんなさい。ちょっと言ってみただけなの」

そ「ういう君が好きなんだ」

う「れしい。私もあなたが好きよ。そこの空き地に立ってる水玉ブリーフのおじさんよりも好きよ」

お「いおい、それは言い過ぎだよ」

というようなことを書き連ねる。

窓際の男女は、水玉ブリーフの話をしていることなどおくびにも出さず、黙って睨《にら》み合っている。彼らの会話は進展しているのだろうか。あるいはカメラで何時間も撮影して、あとから高速再生すれば、何らかの情報が浮かび上がる仕組みになっているのだろうか。

桃谷さんは窓の外を見る。

そして「ああ、仕事をしなければ」と思う。

○

進々堂を出た桃谷さんは研究室に戻って仕事をする。

エアコンの音を聞きながら仕事をするうちに雨が上がって雲が流れ、すがすがしく青い空が見えてくる。どうも思うように仕事が進まない。

「今日は早めに帰って休もう」と桃谷さんは席を立つ。

夕陽が大学構内の木々の葉を黄金色に染めている。雨が降ったおかげで暑さはやわらぎ、腕を撫《な》でていく夕風は涼しい。構内をのんびり歩きながら、桃谷さんは過ぎ去

り し学生時代の日々を思い起こす。あの頃は、二十代最後の夏をここで過ごすことになるとは思わなかった。世界に羽ばたいているような気がしていた、あくまで漠然と。しかし、あれから歳月の経った今も、桃谷さんは同じ校舎から同じ道を辿《たど》って、同じ「一乗寺月見荘」へ帰って行く。今や桃谷さんはアパートの最古参であり、大家にさえ一目置かれている。

木の葉を揺する夕風は、懐《なつ》かしい匂《にお》いがした。

同じ場所で暮らしていても、確実に時間が経っている。なによりの証拠に、自分はもはや無益なことに耐え得ない。無益なことと人は馬鹿《ばか》にするが、無益に耐えることがどれほどの生きる力を必要とすることか。自分はすでに生命力を失いつつあるのだ。あの頃の自分は「走れるか」と挑発されれば水玉のブリーフ一丁で夜の街を走ることも辞さなかった。より高みを目指して走り続けていたあの頃。しかし今は、寄せて集めた生命力をせいぜい研究に費やすのが精一杯だ。

しかし、それで何も問題はないのだ。

「俺もやっぱり年をとるんだなあ」

桃谷さんはそんなことを考えながら、叡山電鉄の線路に沿って歩いていく。夕暮れの気配が漂い始めた街を、光り輝きながら二両編成の電車が走っていく。

アパートの前まで帰ってきてから、桃谷さんは隣にあった「てんぐ食堂」がつぶれたことを思い出してガッカリする。およそ十年食べ続けた習慣が抜けきらず、つい無意識のうちに「てんぐ食堂」で夕食を取ろうと考えてしまう。あてのはずれた桃谷さんは、しかたなくあり合わせの材料を使って焼きめしを作る。

腹をふくらましてからテレビを見る。窓の外は徐々に暮れてくる。

「夏の想い出が欲しいな」

桃谷さんはぽつんと呟く。「しかし旅行に行ってる場合でもないしなあ」

やがて母親からの宅配便が届く。缶詰や米などを箱から取り出していくと、一番底に下着が入っていた。何を思ったのか、母親は黄色地に紫の水玉模様の入ったブリーフを選んでいた。

「なんでまたこんなものを。どういう趣味なんだ母さん」

人間はふと、ほんの一瞬だけ、それまで走っていた軌道から外れることがある。ある者はヒヤリとするだけで済む。しかし、ある者はその一瞬を狙《ねら》い打ちされたかのように悪運につけ込まれ、人生を棒に振る。

そのとき桃谷さんに訪れたのも、そういう危険な一瞬である。

気がつけば桃谷さんは水玉ブリーフ一丁で物干し台に立っている。

物干し台からは立て込んだ家々の屋根が見えている。学生時代のときのような不思議な高揚感が桃谷さんを包む。叡山電車の車輪が鉄路に軋《きし》む音が近づいてくる。実際にブリーフ一丁で走り回ったりはしなかったが、しかし学生時代の己の痛々しさはブリーフ一丁で走り回っていたも同然だ、と桃谷さんは思う。水玉ブリーフに身を包んでいると、徒手空拳《としゅくうけん》で猥褻《わいせつ》で生命力だけがあったあの時代の感覚が蘇《よみがえ》ってくるように感じられる。

まだ俺は無益に耐え得る、と桃谷さんは考える。

そのとき、物干し台へ同じ下宿で顔を見かける学生が出てくる。この時間なのに寝起きのようで、髪はぼさぼさである。学生は物干しにぶら下げたシャツを取り込んでから、桃谷さんをちらりと見る。視線が水玉のブリーフに注がれたのは一瞬のことだ。まったく気にするそぶりを見せない。

「こんにちは」と学生は言う。

「こんにちは」と桃谷さんはこたえる。

学生は何も見なかったかのように、ぺたぺたとスリッパを鳴らして自室へ帰っていく。

桃谷さんは我に返って自室へ戻り、水玉のブリーフを脱ぐ。丁寧に畳んで押し入れの奥深くへしまう。二度とそれが目につかないように。

そして全裸のまま正座して反省する。

「どうしたんだろう俺。……大丈夫かな」

○

雨に降り込められて阿弥陀堂で眠っていた鈴木がふたたび目覚める。

雲間から光が射《さ》して、境内の木々が生き返ったように色鮮やかに輝いている。いつの間にか太陽は傾き、夕暮れの気配が漂う。彼は伸びをする。たっぷり眠って気分は爽快《そうかい》である。

今さら失われた夏の一日を取り戻そうとして慌《あわ》てるのも空《むな》しい。鈴木は悟りを開いた人間のような穏やかな顔をして、阿弥陀堂から境内を眺めている。「いったい今日という一日はなんだったんだろう。ホントになんでもない一日だったなあ」と考える。

やがてふらりと一人の女性が境内に現れる。三浦さんの後輩の楓さんである。人間関係研究会の課題発表に必要だというので、詭弁論部《きべんろんぶ》を紹介したのがきっかけで親しくなった。楓さんはいつの間にか後輩の柊と付き合うことになっていたが、柊と楓さんの間に発生した恋の嵐《あらし》の詳細を鈴木は知らない。

「楓さん、こんちは」

「そんなところで何しているのですか？」

「なんでもない一日が終わっていくのを眺めている」

「仙人様みたい」

「楓さんはお散歩？」

「さっきまで喫茶店で柊君と会ってたんですよ」

そうして楓さんは鈴木の隣にちょこんと座る。楓さんはのんびりしたお嬢様らしい雰囲気を漂わせているが、その脳の中には恐怖映画がたくさん詰め込まれていることを鈴木は知っている。鈴木などはとても正視できないような血みどろ映画も含まれる。人間というものは分からないものだ、と彼は思う。

「聞きたいことがあるんですけど……なぜ柊君は坊主頭になったの？」

楓さんが静かな声で訊《たず》ねる。

「ごめんなさい」と鈴木は謝る。「昨日の夜、あんまり暑かったもんだから、みんなおかしくなってたんだよ。阿呆神《あほうしん》に責任があるんだ」

「阿呆神？」

「宇宙の中心の四畳半に住んでいる神様だよ。阿呆神が降臨するミステリーサークルを俺の頭に作れって柊が言い出した。酔っぱらってたからね。芽野が言うとおりにしようとしたんだけど、勢いがつきすぎてあんなことになってしまった」

「おでこは？」

「あれは仕上げに芹名が書いた」

「そうなんですね」

「怒ってる？」

「怒ってるわけではありませんけど」と楓さんはボンヤリと境内を眺めている。

「昨日の夜、柊君が寝言を言ったりしませんでしたか？」と彼女は呟《つぶや》く。

「寝言？　どうだろうな。みんなぐでんぐでんで、誰が先に寝たのかもよく分からない」

「そう」

「なんで寝言なんか気にするの？」

「最近、彼がよく寝言で喋るから」

彼女の言葉から、柊と楓さんの親しさの度合いを見せつけられたような気がして、鈴木は漠然と傷つく。傷ついた後で自分が傷つく筋合いではなかったと気づいても、もはや手遅れである。

「眠りが浅いんじゃない？　何か心配ごとがあるとか」

「やっぱりそうでしょうか。すごく変な、とても変な寝言なの」

「それ、怖い感じの話？」

「彼の寝言を聞いていると気味が悪くなるの。私の知らない誰かと喋っているみたいで」

「喋っているのはどんなこと？」

「水玉のブリーフの男とか、地球温暖化とか……」

鈴木は三浦さんの話を思い出す。

「水玉のブリーフ？　それはちょっと気になるな。僕はそいつのおかげで今日一日棒に振ったもんだから」

「良かったら聴いてみてくれますか？」

「聴くってどうやって？」

「録音したの」

彼女が鞄《かばん》からボイスレコーダーを取り出す。

鈴木の脳裏に恐怖映画の一場面が浮かぶ。草木も眠る丑三《うしみ》つ時、恐山《おそれざん》のイタコのように謎《なぞ》めいた寝言を喋り続ける柊の傍らで、髪をひっつめた楓さんが大きく目を見開き、ボイスレコーダーを構えている。息詰まる緊張感である。

「聴いてみてもいいけど。柊に直接訊《き》いてみた方が良くない？」と鈴木は恐る恐る言う。

「さっき会ったときも言い出せなかった。なんだか嫌な予感がしてしまって」

「念のために言っておくけれども、僕に覗《のぞ》き趣味はないよ」

「大丈夫です。鈴木さんたちの方が柊君のこと知ってるでしょう。私にはまだ分からないことがいっぱいあるの」

「茫漠《ぼうばく》とした男だからなあ」

恋人の寝言が録音されたボイスレコーダーを残して楓さんは去る。

さすがに変わった人だなと鈴木は思う。

○

芹名が起き出したとき、夢うつつに聴いていた雨音は止《や》んでいる。裏手に迫った吉田山の冷気が網戸から流れ込んできている。蟬《せみ》の鳴き声がふたたび聞こえている。芹名は流し台で顔を洗って目を覚ます。四畳半の真ん中にあぐらをかいて眼鏡を拭《ふ》く。レンズの表面に油がついて虹色《にじいろ》に光る。昨夜の地獄のような鍋《なべ》の名残りである。

　パソコンを開き、詭弁論部員で共有している連絡用の掲示板を覗くと、三浦さんが「水玉ブリーフの男、出現」と謎めいた書き込みをしている。彼女は詭弁論部員ではないが、いつの間にか掲示板に出入りするようになっている。彼は三浦さんに対する回答を書き連ねる。書いているうちに、地獄のような鍋の夜の記憶が脳裏に蘇ってくる。芽野に髪を切られてヘラヘラ笑っていた柊の額に文字を書き込んだことを思い出したので、掲示板の書き込みを「ｅｘｃｅｌｓｉｏｒ！」で締めくくる。

　涼しくなったので、芹名はアパートを出る。

　先輩の鈴木が愛用している自転車が、なぜかアパートの前にある。今朝、芽野の下宿で鈴木が起き出す前に、自分がこれを奪って帰宅したような記憶がぼんやりとある。芹名は気にせずその自転車に乗って、すいすいと吉田南の入り組んだ路地を抜け、吉田神社の前まで出る。楠《くすのき》と時計台のある正門から大学構内に入っていく。工学部校舎の隣に自転車を止め、今出川通を渡って進々堂に入る。

　芹名は奥の席について『知の考古学』を読み始める。

　しばらくすると一人の人物がテーブルの脇《わき》に立つ。見上げると後輩の柊である。頭は丸坊主《まるぼうず》になり、額にはうっすらと「ｅｘｃｅｌｓｉｏｒ」の文字が残っている。

「俺の頭を剃《そ》ったのは芹名さんですか？」と柊は訊く。

芹名は首を振る。「いや、芽野だ。君が『やれ』って言っただろう？」

「途中から記憶がない」

「君が自分の頭にミステリーサークルを作ろうと言い出した。芽野が引き受けたが、少々やり過ぎて丸坊主になってしまった。昨夜の経緯を簡潔に説明すれば、そういうことになる」

「この額の字は？」

「俺が書いた。仕上げとして」

「そうですか」

「怒っているのか？」

「いや、べつに。俺はそんなことじゃ怒りません」

柊はポケットからボイスレコーダーを取り出す。誰かに言い訳するように呟く。

「芽野さんや鈴木さんに相談してもしょうがないだろうから、芹名さんに相談する」

「なんだ？」

「楓さんが寝言を言います」

「寝言は誰だって言う」

「ただの寝言じゃありません。一人でべらべら喋《しゃべ》っている。誰かと会話しているようにも聞こえる」

「夢の会話相手に焼き餅《もち》を焼いてるのか？」

「焼き餅だったらまだ良い。俺は怖いんです。彼女の寝言を聞いていると不安になる」

芹名は楓さんのことをよく知らない。彼女が三浦さんと連れだって詭弁論部を見学に来た際に言葉を交わしたぐらいである。三浦さんに紹介されたとき彼女の後ろに隠れるようにしてはにかんでいたような印象だけがある。

「録音したから聴いてくれませんか？」

芹名はきっぱりと首を振る。「俺には盗み聞きの趣味はない。だいたい恋人の寝言をたやすく他人に聴かせるものじゃない」

「平凡な寝言なら聴かせない」

「平凡じゃないのか？」

「非凡です。聴いてみてください」

「なるほど」と芹名は呟く。

柊はボイスレコーダーをテーブルに置く。真剣な目で芹名を見つめる。

芹名は樫《かし》の木のテーブルをこつこつと指で叩《たた》きながら困惑する。

○

芽野と芹名が今出川通に面したカフェ・コレクションにて夕食を取っている。芽野は鳥皮のバターライスをスプーンにすくい、そのバターできらめく米粒を眺めている。芹名はフォークとスプーンを使って、めんたいこスパゲティをくるくると巻き取っている。店内は数名の一人客がいるだけで、ひっそりとしている。硝子戸《ガラスど》の外は夕闇《ゆうやみ》に沈んでいる。車の光が通り過ぎる。

「昨日の夜はひどかったな。やっぱり真夏に鍋はきつい」

芽野が言った。「鈴木さんは阿弥陀堂《あみだどう》で半日寝てたらしいよ」

「下宿に戻らなかったのか？」

「三浦さんに水玉ブリーフの男が空き地にいて怖いから来てくれ！と言われたらしい。そうしたら途中で雨に降られて、雨宿りしたまま寝たんだと」

「彼女が掲示板に書き込んでいたね。あんなの嘘《うそ》だろう。暑いから外に出るのが嫌になって、鈴木さんを呼び出す口実に使ったんじゃないか？」

「俺、水玉ブリーフの男を見たぞ」

「どこで？」

「さっき物干し台に出たら、腰に両手を当てて仁王立ちしていた。『こんにちは』って挨拶《あいさつ》したら、向こうも挨拶したよ。月見荘のヌシみたいな人で、顔は知ってる」

「三浦さんが見たのはそいつかね」

「同じ日に水玉ブリーフの男が二人も現れると思うか？」

「可能性として皆無とは言えない」

芹名はパスタを丁寧に巻き上げる。「解きがたい謎なのは、鈴木さんと三浦さんとの関係だ。あの二人は付き合っているのか？」

「男女の関係には三種類しかない。恋人か、赤の他人か、奴隷《どれい》だ」

「三浦さんは人間関係研究会の人だ。ひょっとすると人間の操縦法というものを心得ているのかもしれない。恐ろしいな」

「操縦されるのは御免だね。俺にそういう趣味はない」

「俺は誇りを持ちたい。明治百年の男とは言わないが、立派な男になりたいよ」

二人は食事を終える。

珈琲《コーヒー》を飲みながら、芹名が「さっき進々堂で柊と会った」と言う。

「楓さんが不思議な寝言を言うらしい。聴いてみてくれとボイスレコーダーを渡されたんだが、未《いま》だに彼の精神構造が分からん。これを聴いて、俺にどうしろと言うんだ？」

「その漲《みなぎ》る知性で、彼女について分析してくれってことだろ？」

芽野はそこで「おや？」という顔をする。「そういえば俺は柊の寝言を持ってる」

「なぜ？」

「さっき鈴木さんと会ったとき、持ってたんだ。楓さんから相談されたらしい。面白そうだから もらってきた……ああ、そういえば鈴木さんが自転車を返せって」

「自転車はいずれ返す。そんなことよりも、今ここに若い男女それぞれの寝言が揃《そろ》っている異常事態に意識を集中すべきだ」

二人はそれぞれレコーダーを取り出して代わる代わる耳に当てる。

しばらくすると芹名の眉間《みけん》に皺《しわ》が寄る。

芽野が「妙だな」と呟く。「これは会話になってないか？」

「俺にもそう聞こえる」

彼らはレコーダーをならべて、同時に再生してみる。

「ねえ、あの空き地を見て」

「なんだい？　おや、あのおじさん、あんなところで何をしてるんだろう？」

「あのおじさんが身につけているのは何というものだったかしら？」

「ブリーフだよ」

「そう、ブリーフ。黄色地に紫の水玉ね」

「君は僕がああいう水玉のブリーフをはいていたら、どう思う？　やはり驚くだろうか。もちろん、君がああいうものを好むならば、その期待にこたえるけれど」

「いいえ。驚きはしないけれど、たぶん喜びもしないでしょうね。だから気にしないで。……でも、あのおじさんは何をしているのかしら。あの空き地には何もないのに。あんなところで日傘をさして、淋しそうに空を見上げて。しかも立派な腹筋」

「きっと地球温暖化を憂《うれ》えているのだ」

「グローバルな人なのね。じゃあ、あのおじさんが猥褻物《わいせつぶつ》陳列罪で逮捕されてしまわないように、私、祈るわ」

「君はとても優しいな」

「いいえ優しくなんかない。おじさんをあんな太陽の下に立たせて、自分は恋人と一緒に冷房のきいた部屋の中にいるのだから。ちっとも優しくなんかない」

「素敵であれば優しくなくてもいいさ」

「あなたはいつも、そうやって私を騙《だま》すのね。そして私をめろめろにしてしまう」

「あくまで僕は誠実であろうとしている。君を騙すつもりはない。ほら、あのおじさんのように腹筋も鍛えたよ。すべては君のためなんだ」

「ごめんなさい。ちょっと言ってみただけなの」

「そういう君が好きだ」

「うれしい。私もあなたが好きよ。たとえ水玉のブリーフをはいていても好きよ」

「おいおい、それは言い過ぎだよ」

「おいおい、もういいだろう」

芹名がレコーダーを止め、顔を赤くした。「こんなものを聴いて、何を分析しろと言うんだ。寝言でおたがいに会話をしているだけじゃないか。しかもいちゃいちゃと」

「なんで今日はみんな水玉ブリーフの話をしてるんだ?」

芽野は考え込んでいたが、すぐに「まあいいや」と手を振った。「考えてみればどうでもいい話だ。たかがブリーフじゃないか」

「世界は阿呆神《あほうしん》が支配する」

芹名が呟《つぶや》く。意味は分からない。

店内には囁《ささや》き声も聞こえず、静かに音楽が流れている。彼ら二人は黙ってぽかんとしている。それぞれの脳裏に水玉ブリーフの男が描かれている。

「今日はホントになんでもない一日だったたな」と芽野が呟き、あくびをする。

芹名は珈琲をすすり、煙草《たばこ》に火をつける。「たとえなんでもない一日でも、我々はつねに何事かを学び、立派な大人になっていくのだ」

「より高みを目指して」

「そう、より高く」

芹名は微笑《ほほえ》み、天井に向かって煙を吹く。そして立ち上っていく煙を目を細めて追う。

「ｅｘｃｅｌｓｉｏｒ！」

大日本凡《ぼん》人《じん》會《かい》

　これは或《あ》る学生による自主制作映画の原案である。

○

「大日本凡人會《ぼんじんかい》」とは、凡人を目指す非凡人の集いであるという。

　往々にして凡人は非凡に憧《あこが》れるが、非凡人は平凡に憧れる。ここに非凡なる五人の男たちがいて、連日のごとく四畳半に集い、励まし合いながら凡人を目指していた。

　彼らは非凡なる才能を持てあましていた。というのは、その才能ゆえにこれまで淋《さみ》しい思いをしてきたからである。ともすれば人間というものは、非凡な才能の持ち主を異物として集団から排除する。彼らは持てる才能ゆえに、幾度も不当な扱いに甘んじてきた。

　最初から一切の期待をしなければ、失望もまたないだろう。しかし「正義の味方」

に憧れた幼い日々の情熱は長く胸中にくすぶり、彼らは自分の才能を世のため人のために役立てたいと迂闊《うかつ》に願いがちな善人だった。もちろん、可愛《かわい》いあの子に振り向いてもらいたいという魂胆がなかったと言えば嘘《うそ》になる。「このたぐいまれなる才能のチラリズムが、絶世の美男とは口が裂けても言えない外見をおぎなってあまりあるアウラを俺に与えてくれるだろう」という一抹の希望を胸に秘め、たまに巡ってくる好機を摑《つか》んでその才能を発揮すれば、決まって人々は彼らを遠巻きにした。昨日の友は今日の他人と化し、善行は決して報われず、勇気ある行動への返礼は背に突き刺さる冷たい視線であった。両親ですら無理解で、かえって我が子を不気味そうに突き放す始末だ。

なぜ神様はこんなにも見栄《みば》えのしない、いわば四畳半的な才能を我に与え給《たも》うたのか。そう自問しながら孤独な長い道のりを辿《たど》るうちに、彼らの魂は摩滅してゆく。

「どうすれば非凡なる俺は楽しく生きられるのか」

「どうすれば誰からも愛され、尊敬されるようになるのか」

「どうすれば世渡り上手になれるか」

そういう悩みを抱き、陰鬱《いんうつ》な顔をして大学に入ってきた彼らは、大学の隅の暗がりで、自分と同じ影を背負った仲間を見つけた。人に言えない孤独を知る者同士、始めは恐る恐るの交流だったが、涙に濡《ぬ》れた想《おも》い出の数々を語って過ごした長い夜の果てに、彼らは固い握手を交わした。

「無駄な苦しみはもうごめんだ」

一人が言った。「生き方を変えよう。世間に期待するのは諦《あきら》めようじゃないか」

そして彼らは誓ったのである——その能力を決して世のため人のために使うまい、と。

かくして「大日本凡人會」は生まれた。

○

京都、哲学の道沿いに築三十年以上の要塞《ようさい》のような外見の鉄筋アパート「法然院学生ハイツ」がある。

裏手に迫る東山の冷気を含んだコンクリート壁は、それに触れる人の手を芯《しん》まで冷やした。息絶えかけた蛍光灯の明滅する、処刑場への通路のような廊下を歩むうちに、人は一切の高望みを捨てる。あらゆる希望を捨て尽くした剛の者だけが到達できる闇《やみ》の深奥《しんおう》には昼なお湿気に充《み》ち満ちた暗い四畳半があり、そこで大日本凡人會の第百九十七回目の会合が開かれていた。

四畳半の中央には丸い卓袱台《ちゃぶだい》があり、三人の男たちが秋刀魚《さんま》の缶詰を箸《はし》でつつきながら酒を飲んでいた。卓袱台のまわりには数式を書き散らした紙や数学書が積み上がっている。

「それで、けっきょく水玉ブリーフの男はどうなったの？」

「存在したのかしないのか、それが問題だ」

「え、それは問題か？」

「お尻《しり》が痒《かゆ》い」

「いや違うだろそれは。あくまで俺の意見としては」

「わぁ、そんなところに鼻毛を入れるなってば」

「お尻が痒い」

「いいか、ハッキリ言っておく。鼻毛じゃない」

「分かった。皆まで言うな」

「ま、ブリーフは比較的どうでもいいね、俺としては」

「比較的ってなんだ。何と比較してるんだ、言ってみろ！」

質素かつ無益な酒宴が繰り広げられている卓袱台からひとり離れ、小学校時代から使っている勉強机にあぐらをかいて、紙に書かれた数式を睨《にら》んでいるのがこの四畳半の主である。彼は「数学氏」と呼ばれており、その禁欲的な生き様によって仲間から尊敬を集めていた。

彼は数学が大好きだったが得意ではなかった。思春期を迎える頃から、妄想的飛躍を駆使して数学をやる悪い遊びを覚え、数学的才能をねじ曲げたからである。

中学校の数学の授業で「三平方の定理の証明を自分なりに考えてみよ」という課題を与えられたとき、膨らむ妄想を駆使して大学ノート一冊分の大論文を著し、数学教師を驚嘆させる無用の大迂回《うかい》を経て証明に失敗した。「大数学者の才能を見いだした恩師」という称号を得たいばっかりに暖かく見守ろうとした数学教師も、やがて如何《いか》に努力しても彼が妄想的数学世界から一歩も外へ踏み出し得ないことを知るにおよび、その視線は暖かいものから生暖かいものに冷めていった。彼はいわば数学の魔境へ迷い込んだ、壮絶極まる下手の横好きであった。

「数学氏、いったいその証明はいつになったら完成するの？」

先ほどから俯《うつむ》いてＤＶＤをいじくっている男が尋ねた。「待ちくたびれたよ」

数学氏は黒縁の眼鏡を光らせた。柔らかい髪が垂れ下がって、陰鬱な顔をますます陰鬱にした。

「モザイク先輩、これは壮大な計画なんですよ」と彼は言った。「いっそ普通に恋人を探したほうが早いかもしれない」

「君という人物は、いつもいつも回りくどいよな」

数学氏には、「妄想的数学証明によって現実世界に物質を出現させる」という奇怪な能力が備わっていた。中学生の頃にそのことに気づき、最初に彼が出現させたのは虹色《にじいろ》の米粒であった。続いて達磨《だるま》を一つ、トイレットペーパーを一つ、そして高校時代の終わりには、校舎上空に水滴を出現させ、集中豪雨で卒業式を台無しにした。

彼の理論によれば、数学原理が支配するこの世界と異次元的に交差するようにして妄想的数学原理が支配する世界があり、彼がその存在を証明した物質が二つの世界の間を量子力学で言うところの「トンネル効果」的に移動するのだということだったが、そうやすやすと信じられる理論ではなかろう。大日本凡人會の同志たちも、彼が入学以来取り組んできた「プロジェクトSHIBA」(百万遍交差点北東角に柴犬《しばいぬ》を出現させる計画)が成功するまでは半信半疑であった。

銀閣寺方面へ走り去る柴犬を見送った後、我らが四畳半数学者は「妄想的数学によって自分に恋人が存在することを証明する」という大胆な目標を掲げた。以来、前人未踏の偉業を達成するために、彼は日夜研究に励んでいるのであった。

「君の－行く－道は－果てし－なく－遠い－」

マンドリンを持った男がぽろんぽろんと弾きながら歌い出すと、他の者も唱和した。

「だのにーなーぜー」

「歯をくーいしーばーり」

「君はー行くーのーか」

「そんなーにしてーまでー」

などと歌っているうちに、廊下に面したドアが音もなく開いた。

秋の夜の冷たい風がすうっと四畳半に吹き込んで、男たちの熱気をかき回した。

「おや、なんで開いたんだろ？」と数学氏が言った。モザイク先輩がＤＶＤを置いて立ち上がり、ドアを閉めた。彼は振り返り、四畳半を見回して眉間《みけん》に皺《しわ》を寄せた。

「それにしても狭いな。さっきよりも狭くなった気がする。君ら、水ぶくれしたんじゃないか？」

「壁が迫ってきたようだ」

「畳も凹《へこ》んできてるぞ。これだから安物の畳は！」

「待て！　待て！　凹《へこみ》氏が精神的に不調だ！」

数学氏は慌《あわ》てて机から飛び降り、麦酒《ビール》の入ったコップを両手で握りしめて俯いている男の隣に座った。床に置かれていたウイスキーの瓶が倒れた。たしかに凹氏の尻を中心にして畳がゆっくりと沈み込んでいる。数学氏は凹氏の肩を抱くようにして「気をたしかに！」と言った。

凹氏は、精神的に落ち込んだ際、身近にあるものを凹ませる能力があるのだ。

「どうしたんだい？」とマンドリンの男が優しく尋ねた。

「明日が見えなくなって……」

「何を今更。今まで見えたためしがあるのか。一寸先は闇だよ。みんな一緒だ」

「みんな一緒なんて慰めにならない」

「そんなこと言われたら俺たちが落ち込むだろ？」

モザイク先輩が「丹波、助けてやれよ」と言った。「ちょっと心に侵入してさ
丹波氏はマンドリンをぺこぺこと叩《たた》きながら渋い顔をした。「勘弁してくださいよ。」あれは疲れるし、抜け毛も増えるから嫌なんです。モザイク先輩が桃色上映会をしてあげれば元気出るんじゃないですか？」

「やるか？」

モザイク先輩はレンタル店で借りてきたＤＶＤを手に取った。

彼は大日本凡人會の最年長者であり、常日頃は大学院で学んでいる大学院生である。

彼は大日本凡人會の中でも屈指の無益な能力、桃色映像の局部を隠すモザイクを物質

化して除去する能力の持ち主である。彼は研究室で実験器具を扱うときのように繊細な仕草で、ＤＶＤの端に細い指を這《は》わせた。彼が語ったところによれば、モザイクという内部情報が実体化しかかっている臨界点が情報媒体の周辺に存在しているのだという。

やがて彼は何かを摘《つま》む仕草をして、ゆっくりと引っ張った。奇術師がシルクハットから万国旗を引っ張り出すような案配で、ＤＶＤから一条の連なる雲母《うんも》のような物質が出てきた。モザイク先輩はそれをすいすいと指に巻き取って電灯に透かして眺め、フッと吹いた。細かく砕けたモザイクが宙を舞い、電灯の明かりの中できらきらと光った。

「先輩！　無造作にモザイクをばらまかないでください！」

数学氏が畳に散らばっている紙に覆《おお》い被《かぶ》さる。「数式が読めなくなる！」

「あ、コップに入りました」

凹氏がコップを持ち上げると、モザイクが麦酒を不思議な形に結晶させている。コップを逆さにすると、まるで黄金の雪のような粉末がはらはらとこぼれ落ちた。

「モザイクというのは不思議な物質ですねえ」

「それはともかくとして、俺はモザイクのある映像でないと落ち着かない。なんというか、刺激が強すぎるんだ。あんな刺激は無用です」と数学氏が言った。

「現実を直視しなさい」

「おっぱいだけでもうたくさん」

「赤ちゃんみたいなことを言うやつ」

そのとき丹波氏が「だれだ、おっぱいのことを考えているのは」と苦々しい声で言った。

四本の腕が四畳半に乱立した。丹波氏は「おまえらは少々破廉恥《はれんち》過ぎないか」と言った。「諸君のイメージが乱入してきて、頭の中が桃色だよ。俺の身にもなれ」

「責任転嫁《てんか》してはいけない」

「むしろ嬉《うれ》しいくせに」

数学氏が腕の数を数えて怪訝《けげん》そうな顔をした。

「あれ？　五人いるね。ひょっとして無名《むめい》君、来てるのか？」

「僕はここにいますよ」

「あれ！　いつの間に来たんだ？　すまん」

「いいんです、べつに。気づかれないのはいつものことだし」

無名君は憮然《ぶぜん》とした顔でウイスキーを注いだ。

彼はどんな集団の中に入っても、存在に気づいてもらえない希有《けう》な才能の持ち主であった。一番歳下《としした》の新入りであることもあり、仲間内では「無名君」と呼ばれていた。小学校の卒業式以来、すべての卒業写真に写りそこねた、「過去のない男」とは実に彼のことである。

○

「学園祭には行ったかい？」と数学氏が丹波氏に言った。

「ちょっとだけ顔を出した。マンドリン辻説法《つじせっぽう》をやろうと思ってさ。盛況盛況」

「そういえば見物に行って適当に自主制作映画を見たら、無名君が映ってびっくりした」とモザイク先輩が陽気に言った。「出るなら出ると言ってくれればさ」

「どんな映画です？」と数学氏が言った。

「まあ、なんというか、眠い映画だったな。でも無名君が映ってた。ひょっとして主演？」

無名君は淋《さみ》しそうに言った。「あれは一種のミステイクなんです。撮影中は気づかなくて、編集する段階になって気づいたらしいです。だからエキストラですらないんですよ」

一同はしょぼんとした。

凹氏が「まあ飲みなよ」と言って、無名君のコップに麦酒を注いだ。

「でもまあ、僕にとっては記念すべきことです。映画に出るなんて」

「そうだそうだ」

午前二時を回ったところで、数学氏が立ち上がった。

「諸君」と言った。「今日集まってもらったのは他でもない」

「他でもないとは何のことだ?」

「大日本凡人會が設立されてから三年の歳月が流れた。それなりに充実した日々だったと思う。そもそも丹波氏と俺が二人揃《そろ》ってマンドリン同好会を追い出された日から、一切は始まった。その後、我々はモザイク先輩の知遇を得、昨年には凹氏、また今年になってからは無名君という新しい同志を得た。大日本凡人會はこれでいよいよ態勢を整えたと思う」

「なんだ、ずいぶん大げさだな」

「この三年の間、我々は過去の過《あやま》ちから学び、自分たちの能力をできるだけ世の役に立てないように努力してきた。能力のある人間はその能力を有効に活用しなくてはならない——そんな常識にとらわれていたのは過去の話だ。どれだけすぐれた人間であっても、その能力を世間に活用することを強制されるいわれはない。絵が上手な人間にも絵を描かぬ自由がある。歌が上手な人間にも歌わぬ自由がある。自らの才能を、世のため人のために生かすも殺すも自由なのだ」

「異議なし！」

「我々の能力を白眼視して、迫害してきた連中を、今さら救ってやるつもりはない。僕はまったく後悔していない。たしかに苦しいときもある。我々はかつて正義の味方に憧《あこが》れた。善行の誘惑は強い。だからこそ、誘惑に屈する人間も現れるんだ。嘆かわしいことに」

四畳半がしんと静まった。

「この中に裏切り者がいる」

数学氏は冷たい声で言った。

「どこかで噂《うわさ》を聞いているはずだ。大日本凡人會という謎《なぞ》の組織が暗躍して、『一日一善』運動を展開している。ところが、我々はそんな活動に手を染めてはいない。何者かが我々の名を騙《かた》っているのだ。不思議なことに、その人間は一度も姿を見られたことがないという。善行が行われた後になって、人々は『大日本凡人會』なる者が現れたことを知る。これはどういうことか？」

数学氏はそういって無名君を見つめた。

「そんなことが可能なのは君だけだね」

四畳半に集った男たちの視線が、本棚の陰でちんまりと座る無名君に注がれた。彼は正座して畳を見つめたまま、微動だにしない。それは彼が緊張しているからでもあったし、そもそも五人の男たちを押し込めた四畳半が身動きできないほど狭いからでもある。非凡なまでに平々凡々たる顔つきで誰の記憶にも残らない無名君の顔からは、その複雑な胸中を推し量ることは難しかった。

「その通りです。僕です」

「弁明を聞こうか」

「僕は大日本凡人會の誓いに反する行動をしました。京阪《けいはん》電車で目立たずに席を譲りましたし、知恩寺の古本まつりで事を荒立てずに万引きを阻止し、泣いていた迷子の女の子を母親のところまで誘導し、落とし物を拾っては銀閣寺交番に届け、寿司《すし》の配達人が危うく事故に巻き込まれるところを救いました。空き巣狙《ねら》いを挫折《ざせつ》させ、放火を未然に防ぎました」

「四畳半を遍《あまね》く支配する阿呆神《あほうしん》に誓いたまえ。今後二度と、その能力を役立ててはいけない。さもなければ、君には大日本凡人會から出ていってもらわなくてはいけない」

「一つ言わせてください」

無名君は静かに手を挙げた。

「これまで僕は自分の能力のためにつらい思いをしてきました。たしかに先輩たちも苦しい思いをしてきたでしょう、でもそれは話が違うんです。数学先輩はたとえ妄想であっても数学で異彩を放つことができる。モザイク先輩は桃色映像については世の中の男をたいてい味方にできます。丹波先輩は力を使えば上手に世間を渡っていける。凹先輩もそうです。なんといっても空間を歪《ゆが》めるんですから、その能力のインパクトにはみんな一目置いてる。僕が言いたいのは、あなた方にはみんな存在感があるってことなんです。生きてそこにいる、という存在感。でも僕にはそんなものはないんだ。存在感がないことで存在感を出すなんて、そんなアクロバティックな生き方は出発点がおかしいです。どうやって僕は自尊心を持てばいいんですか？」

「それで善行に手を染めたってわけ？」とモザイク先輩が言った。

「……せめて、世のためになるようなことをすれば、生きてる意味があると思って」

「しかし無名君、君がどんなに良いことをしたって、誰も君には感謝しないんだぜ」

と丹波氏が言った。「君は我々に辛《つら》い想《おも》い出を語ってくれたろ？　手柄は常に横取りされるし、誰も君に報いてくれはしないんだ」

「報われるとか報われないとか、そんなことはどうでもよくなってきたんです。僕はただ自分を世の中に作用させたいだけです。僕の痕跡《こんせき》をステキな感じで残したいんだ。先輩たちとは違って、僕はもし自分の能力を活用しなかったら、本当にただ空気になってしまう。そういう辛さが先輩たちには分からないんですよ。先輩たちはしかと存在しているんだから」

「存在感が無くても、僕は無名君を仲間と認めているけど」

凹氏が切なそうに言った。「僕らでは駄目かい？　仲間とは思えないかい？」

「あ、凹氏、あんまり凹まないでくれ。また畳が」

「世の中の役に立つというのはたしかに快感だ」数学氏が憮然として言った。「しかしそれは麻薬的な喜びなんだ。そんなところに価値を見出《みいだ》して生きていくなんてお奨《すす》めできない。刹那《せつな》的な喜びなんだよ。どうせすぐに彼らは掌《てのひら》を返す。それを知っているからこそ、我々は戦ってきたんじゃないのか？」

「先輩たちも、もう一度初心に返ってみてください」

無名君は言い張った。

「昔は辛い思いをしたかもしれないけれども、みんな、今はもっと利口になっているはずですよ。上手に能力が使えるはずなんです。大日本凡人會の一員として、何か世の役に立つことができるはずです。あなた方は淋しくなることはないんですか？　今も世を恨んでいるだけなんですか？　この先一生、そのまま能力を自分のためだけに使って生きていくんですか？」

「つまり、君は我々と袂《たもと》を分かつというんだね」

数学氏が睨《にら》むと、無名君は静かな目で見返した。「先輩たちが僕のやり方を許してくれないならば、やむを得ません。僕は一人で頑張ります」

「では、さようなら。くれぐれも今後、『大日本凡人會』の名を騙らないでくれたまえ」

数学氏が冷たく言った。

ふいに廊下のドアが開き、冷たい風が吹き込んできた。「おや？」と思ったときには、すでに無名君の姿は消えていた。狭い四畳半には無名君の不在による空隙《くうげき》が生じて、物淋しく冷え冷えとした。

「四人になっちゃった」と凹氏が哀《かな》しげな声で言った。

「あんなに冷たく言わなくたってさ」と丹波氏がマンドリンをぽろんと弾く。

数学氏は首を振った。

「駄目だ。ここを許したら、我々はそれこそ正義の味方になろうとする。またつらい思いの繰り返しだ。そもそも我々の能力なんて、活用したって笑い者になるだけなんだ。ヒーローには決してなれない。それはもうみんな、痛いほどよく分かっているはずじゃないか」

残された四人は黙しがちになって酒ばかり呑《の》んだので、すぐに座はぐずぐずになった。

酔いにまかせて妄想的数学世界の果てに旅立ってしまった数学氏を残し、他の三人は千鳥足で鉄筋アパートをあとにした。深夜の哲学の道には行き交う人影もなく、晩秋の寒さが身にしみた。

「無名君、どうするのかな」

凹氏が気遣った。「立ち直ってくれるといいな」

○

紅葉も最盛期を迎え、朝夕の冷え込みが一段と厳しくなった。

京都国際会館に近い岩倉の一角、玉子色の瀟洒《しょうしゃ》なマンションの二階では、今まさに凹氏が起床を目指して戦っているところだった。同じ左京区といえども岩倉は遠い北

にあり、百万遍で雨が降るとき岩倉では雪が降ると言われている。凹氏は何かという
と北を目指す癖があった。
凹氏の朝は快適な万年床との格闘から始まる。「こんなに気持ちが良いのに何故《なぜ》起
きなくてはならないのか」と考えると、不本意ながら床を後にしなくてはならない自
分が不憫《ふびん》でならない。温かい布団《ふとん》にくるまって、これから一生涯つきまとう「起床」
という課題に思いを馳《は》せれば、人生というものの空《むな》しさが漠然と胸に迫って気持ちを
いっそう暗くする。とたんに万年床はお椀型《わんがた》に変形し、起床への意志はゆるやかな傾
斜によって残酷に阻《はば》まれ、やわらかい穴の底で二度寝の誘惑が彼をとらえる。
その日も同じだった。次に凹氏が目覚めたときには、すでに日は高かった。大切な
講義を寝過ごして、彼は不機嫌な顔をして起き上がる。講義を寝倒したことを悔いて
いるだけでは穴から出られないので、彼はラスベガスのルーレットで勝利する瞬間だ
とか、バニーガール・パラダイスのことだとかを無理に想像しながら、なんとか穴か
ら這《は》い上がった。彼が起床すると、凹《へこ》んだ万年床はゆっくり元に戻っていった。見慣
れているとはいえ、へんてこな光景だった。
凹氏は食事をするために外へ出ようとした。と、マンションのドアに「一日一善」
と書かれた紙が貼《は》られていることに気づいた。

「はて？」と凹氏は首をかしげた。

その頃、丹波氏は大学の講義室に座っていた。愛用のマンドリンはつねに傍らにある。

気をゆるめると、他人の心の呟《つぶや》きが波のように押し寄せてきて丹波氏を包み込む。彼は長年の訓練でそれらを受け流す術《すべ》を身につけた。ふだんの彼はそれらの騒音を何も気にせずに暮らしている。ぽろんとマンドリンを爪弾《つまび》けば、人々の頭から流れ出る言葉やイメージの奔流は音色に吸い寄せられるようにして流れを整え、ずいぶん読みやすくなる。とはいえ、講義中にマンドリンを弾くほど彼は迷惑な男ではない。

講義が終わると、丹波氏は廊下に出て、便所に入った。細長い曇硝子《くもりガラス》が午後の陽射《ひざ》しに白く輝いている。便所は無人で、有象無象の魂から洩《も》れ出す呟きは遠ざかった。

丹波氏は口笛を吹きつつ用を足していたが、ふいにビクリとした。

「一日一善！」という確信に満ちた叫びが脳内にこだましたからである。彼は薄汚れたタイル張りの便所を見回したが、人の姿はなかった。

「はて？」と丹波氏は首をかしげた。

その日の夕方、モザイク先輩は研究室を出た。

帰途、彼はレンタル店に立ち寄って桃色映像の谷間をさまよった。半ば惰性、半ば義務のように桃色映像を物色しながら、モザイク先輩は無名君の追放劇を思い出した。

「先輩たちはしかと存在している」という無名君の言葉について繰り返し考えた。

「無名君は俺が桃色映像のモザイクが外せることぐらいで自分のアイデンティティを確保できていると思っているのだろうか」と考えると切なかった。「そんなわけがあるものか。俺だって、そこまで阿呆じゃない。だいたい世の中の役に立てようにも、俺はどうやって自分の能力を役立てたらいいんだ」

彼は中学校時代の大騒動を思い出した。彼が次々に創造したモザイク無しの桃色映像は、クラスメイトたちに衝撃を与え、彼は一時的な英雄に祭り上げられたが、その栄光の時代も長くは続かなかった。映像が教師と親たちの手に渡り、彼は危うく学校を追い出される寸前まで追い詰められたのである。

「ああ、もう二度と思い出したくない……」

彼はそう呟きながら、桃色映像を借り、下宿へ持って帰った。

再生してみると彼が想像していたものとは違う映像が映った。ただ白い画面に「一日一善」という文字が浮かび上がるばかり。どれだけ再生しても桃のカケラも現れない。いったいこれはどうしたことか。

「はて?」とモザイク先輩は首をかしげた。

ちょうど同じ頃、数学氏は白川通に面した喫茶店にて、延々と数式を書いていた。彼は急《せ》いていた。なぜならば十二月に入って街中にクリスマスの影がちらつき始めていたからである。彼はなんとしてもクリスマスまでに恋人の存在を証明し、生涯に一度でいいから一緒にクリスマスイブを過ごしてみたいと思っていた。

「俺の能力はそのために与えられたのだ」

彼は幾度も呟きながら、昼も夜も膨大な妄想数式を弄《もてあそ》んできた。その甲斐《かい》あって、今日その喫茶店にて、最大の難所を突破する方法を思いついた。証明はいよいよ最終段階に入ったことを彼は確信した。

あまりにも脳が白熱したので、彼は休憩を取ることにした。珈琲《コーヒー》のおかわりを頼み、窓の外を眺めた。白川通の並木も冬枯れして、寒そうに首をすくめた人々が歩いていく。「俺の恋人はどんな人だろうか」と彼は道行く美女の姿を目で追った。「趣味は何だろう。クリスマスプレゼントは何がいいだろう」

珈琲を飲みながら、テーブルの紙に目を落とすと、自分が延々と書き連ねてきた数式の一番最後の部分に、いつの間にか「一日一善」と書き加えられていることに気づいた。

「はてな?」と数学氏は首をかしげた。

その日以来、彼らは不意打ちのように現れる「一日一善」の言葉に悩まされるようになった。

第百九十八回目の大日本凡人會の会合において「間違いなく無名君のしわざだ」という結論が出されたが、良い対策は思い浮かばなかった。それどころか、当の会合が終わる頃になって、彼ら全員の背中に「一日一善」と書かれた紙が貼られているのに気付く始末であった。

彼らは青い顔を見合わせた。

「どうするかなあ。害はないけど……胸が痛むよ」と凹氏が嘆いた。

「負けてはいけない。洗脳されるな」

「無名君を見つけるしかあるまい」

「しかし無名君が本気で身を隠したら、そんなもの見つかるわけがない。素麺《そうめん》の海で一本の春雨を探すようなものだからな」

数学氏が腕組みをして唸《うな》った。

「敵に回すと怖《おそ》ろしい男だったんだなあ」

○

クリスマスが足音高く街を席巻《せっけん》するようになった十二月、数学氏が恋人の存在証明に成功した。

夜も更《ふ》けた一室で彼は雄叫《おたけ》びを上げ、部屋の隅を貫く鉄管をカンカンと打ち鳴らした。それは数学的興奮に駆られた際に発揮される彼の悪癖である。暗いアパートのあちこちから、「うるさい！」「黙れ！」という怒声や、獣じみた叫び声が返ってきた。このアパートの住民の幾人かは、長き禁欲的な巌窟王《がんくつおう》生活の末に、言語能力を著しく減退させている。

彼はさっそく仲間たちに電話をかけた。

「ついに証明した！　俺にはやはり恋人がいた！」

かつて百万遍北東角に忽然《こつぜん》と可愛《かわい》い柴犬《しばいぬ》が現れたことは、仲間たちの記憶に焼き付いている。彼らは数学氏の快挙を讃《たた》えた。興奮してわけのわからない数学的説明を電話口で始める数学氏を止め、丹波氏は訊《たず》ねた。「それでその恋人はどこにいるの？」

「俺の方程式によれば、彼女の存在確率は明日午後三時の叡山電鉄茶山駅で飛躍的に高まる。おそらくそこで会うことができると思う」

「じゃあ、みんなで行こうぜ」

「それはちょっと恥ずかしいなああああああああ」と数学氏は身をくねくねさせた。

「でも、諸君には紹介しておかなければいけないよな！」

「そうだそうだ。幸せのお裾分《すそわ》けだよ、コンチクショウ！」

そういうわけで翌日の午後三時、彼らは叡山電鉄茶山駅のホームに立った。なぜ彼女がそこに現れるかということを数学氏は数学的に説明したが、ほかの三人にはさっぱり分からなかった。

「彼女はどんな人なんだ？」とモザイク先輩が訊ねた。

「関数なら表現できますけど……美人です」

「貧困な表現力！」と丹波氏が言った。「君は本当に数学しか才能がないんだなあ」

「褒めるなよ、照れるぢゃないか」

叡山電鉄茶山駅は電車に乗り降りする機能だけに特化した、きわめて禁欲的な構造をしていたので、冷たい風が容赦なく吹きつけ、男たちの体温を奪った。期待に胸を高鳴らせて、湯気の立つほど血色の良い顔をしているのは数学氏のみである。ほかの三人は不機嫌な顔になり、押しくらまんじゅうをするように吹きさらしのホームで身を寄せ合っていた。日が翳《かげ》ってくると、「寒い！　寒い！」と呻《うめ》いた。

「よく考えてみると、俺たちの幸せには何一つ関係ない」とモザイク先輩が言った。「君が幸せになるだけじゃねえか」

「もう帰りたい……」と凹氏が呟く。

ふいに丹波氏が「あ」と押し殺した声で叫んだ。

見れば、いつの間にか向かいのホームに一人の小柄な女性が立っている。白いコートを着て、深紅のマフラーを巻いている。彼女は今にも雪のちらつきそうな曇り空を見上げて、夢見るような目つきをした。大日本凡人會の男たちは押し合いへしあいをしてホームから転げ落ちそうになった。

彼女がこちらを見て微笑《ほほえ》んだ。

「彼女が君の恋人か？」とモザイク先輩は言った。「どうなの？　おい！」

数学氏は今さら恥ずかしがって凹氏の背後でもじもじしている。

「どうも！」と丹波氏が向かい側のホームに向かって手を振った。

「あ！」と数学氏が慌《あわ》てて顔を出した。「抜け駆けはよせ！」

すると対岸のホームにいる彼女が、鞄《かばん》から小さな8ミリカメラを取り出した。「撮ってもいいですか？」と言った。彼らが頷《うなず》くと、彼女は寒空の下の彼らの姿をフィルムに収めた。「挙動不審な感じでお願いしまーす」と言うので、彼らは競い合って挙動不審に見えるよう工夫を凝らしたが、工夫を凝らすまでもなく挙動不審であったのだ。

彼女がカメラから目を離して微笑んだ。「ありがとう!」

「寒いですね」

「そうですね」

「お時間ありますか?」

「ちょっとなら」

「喫茶店で暖まりませんか?」

そして彼らは茶山駅のホームを降り、近所の小さな喫茶店に入った。

彼女は四人の不審な男たちを前にしても悠々と微笑んでいた。「かなり度胸のある人に違いない、もしくはよほど阿呆《あほう》なのか」とモザイク先輩は考えた。凹氏は彼女の微笑みがなんだか怖いような気がして、隅の方で縮こまっている。数学氏はつねに身につけているボールペンを取り出して、紙ナプキンに数式を書き始めていた。丹波氏が「まあまあ、落ち着けってば」と耳打ちした。

喫茶店の無愛想な主人が六つのコップに水を注いで持ってきた。

数学氏は水を一息に飲み干した。何か言わねばならないと口を何度も開いては閉じた。混乱のきわみにあって、迂闊《うかつ》に声を出せば喉《のど》から乱数が飛び出しそうだった。

「初音《はつね》といいます」

彼女は言った。「すいません。どこかでお会いしましたっけ?」

〇

数学氏は数学的勇気をふるって茶山駅の彼女をデートに誘った。

驚くべきことに彼女はそれに応じた。

大日本凡人會の男たちは数学氏の才能を信じていたにもかかわらず、その華々しい戦果に敬服しつつも大いに嫉妬《しっと》した。しかし、彼は一切の世俗的快楽を捨てて四畳半に立て籠《こ》もり、血の滲《にじ》むような努力をしてきたのだ。彼の幸せをぶち壊すことが誰にできよう。数学氏に幸あれ！と仲間たちは歯ぎしりした。

ところが茶山駅の邂逅《かいこう》後、数学氏の幸せは急速にあやふやになったのである。

初音さんは映画サークルに所属していた。

「学園祭でも上映しました。私が監督をして」

「それはすごい。才能豊かですね」

「でも私の映画は誰も最後まで観《み》られない映画なんです。みんな眠っちゃうから」

「観客全《すべ》てを眠らせるのも一つの才能です」

「サークルの試写会でも学園祭の上映会でも、みんな昏々《こんこん》と眠ってて、最後は私だけがぽつんと起きてるんです。夜中に目が覚めた子どもみたいに」と彼女は微笑んだ。「でも今撮っている映画は全部練習ですからね。本当に作りたい映画はこれから作るんです」

「どんな映画？」

「私はヒーローものが作りたいの」

「ヒーローもの？　正義の味方が出てきて、悪の組織をやっつけるとか？」

「そうそう。でも今はまだ準備中よ」

ある日、彼女は誰もいないサークルボックスに数学氏を連れて行き、十一月の学園祭で上映した映画を見せた。映写機が回り始めると、まず大学の時計台が映る。次に農学部のグラウンドが映った。そして琵琶湖疏水《そすい》が映った。さらに大文字山が映った。まるで退屈な卒業アルバムのように、何の変哲もない風景が、気が遠くなるほど間延びしたリズムで延々と切り替わっていく。

何が始まるのかと思って息を凝らしていても、いつまでたっても何も始まらない。そして何も始まらないスクリーンの向こう側とは裏腹に、スクリーンのこちら側では脳が溶けそうなほどの眠気との戦いが始まった。恋人（仮）の映画をなんとか最後まで見届けたいという殊勝な思いから、彼は手の甲を爪《つめ》でひっかいて生理的欲求に抗《あらが》ったが、瞼《まぶた》をこじ開けるための戦いは凄絶《せいぜつ》を極め、手の甲はやがて血みどろとなり、頭は割れるように痛み、ついには眼球が痙攣《けいれん》し始めて彼は白目を剝《む》いた。

そして気が付くと、数学氏は天井に向かって大口を開け、涎《よだれ》を垂らしていたのだった。

彼女は映写機を片付けながら「どうでした？」と言った。「面白かった？」

「凄《すご》い映画です」と彼は述べた。「映画史に残る」

映画史に残るほど眠い映画を作ることを除けば、初音さんはよく分からない人であった。

彼女は「ロケハン」と称して数学氏を連れまわし、謎《なぞ》の廃墟《はいきょ》にも平気で乗り込んでカメラを構えた。そしてときおり一人でぷつぷつと呟《つぶや》いたり、微笑んだりしているのであった。

京都市動物園にて、南禅寺にて、祇園《ぎおん》会館にて。京都市内を転々としながら、数学氏はどうすればよいのかと途方に暮れた。デートとはどのように定義されるものなのか。どう行動することが正解なのか。どうすれば彼女は楽しいのか。そもそも彼女は自分のことをどう思っているのか。

数学氏は彼女の微笑を解読すべく、数式と悪戦苦闘していた頃と何ら変わらない頭

脳労働を強いられた。恋の方程式を解きあぐねているうちに、クリスマスは目前に迫

ってくる。当面の人生最大目標であった夢の実現に近づいているのか、それとも遠ざ

かっているのか。なぜ数学的に存在を証明したはずの恋人の心理が数学的に解けない

のか。理屈に合わないではないか。

数学氏は全身の毛が抜けるほど思い悩んで疲弊した。

第百九十九回目の会合における議題は、数学氏の憔悴《しょうすい》ぶりについてだった。

「ぜんぜん幸せそうに見えないんだけど」とモザイク先輩が言った。「青春を満喫し

ているんだから、もっとツヤツヤしていて然《しか》るべきだろ！」

「抜け毛がひどい」と凹氏が心配する。

「接吻《せっぷん》した？」と丹波氏が訊ねると、数学氏は「何を馬鹿《ばか》な！」と言った。「手は握

った？」とモザイク先輩が訊ねると、数学氏は「めっそうもない」と言った。

「でも色々と話はしたんだろ？」と丹波氏はしつこく訊《き》いた。「幸せのお裾分けをし

てよ」

「デートの最中も、彼女は構図を考えたり、試しに撮影したりしていて、多忙を極め

ている。次回作のためのロケハンも兼ねているんです。だからあんまり余計なことを

喋《しゃべ》っている時間はないのだ」

数学氏はそんなことを真面目《まじめ》に答えた。

モザイク先輩が呆《あき》れた。

「それは……正真正銘のロケハンではないの？」

○

クリスマスイブを週末に控えた月曜の夕暮れであった。

その日、初音さんがロケハンで梅小路《うめこうじ》蒸気機関車館に行きたいと言ったので、数学氏は同行した。彼女は嬉々《きき》として蒸気機関車を撮影していた。

帰りに京都駅ビルに立ち寄ると、階段のある広場には毎年恒例のクリスマスツリーが燦然《さんぜん》と輝き、手をつないでツリーを見上げる冬の恋人たちの阿呆面《づら》を照らしている。

「雪が降ればいいのに！」と彼女は白い息を吐いた。「雪が好き！」

「雪は良いものです」

「京都はあんまり雪が降らないから淋《さび》しいですね」

数学氏はつねづね女性の手を握ってみたいと考えていた。すでに幾度もロケハン的なデートを重ねたのであるから、頼んでみる資格があるのではないかと考えた。勇気を振り絞って「手を握ってもかまいませんか？」と礼儀正しく訊ねると、彼女はクリスマスツリーのてっぺんを子どものように見上げながら朗らかに「嫌です」と言った。聞き返す必要もないほど歯切れが良く、曖昧《あいまい》さは微塵《みじん》も感じられなかった。

「なるほど」

数学氏が呟くと、彼女はニコニコしながら振り返った。「どうしました？」

「質問してもかまいませんか？」

「どうぞどうぞ」

「我々は男女としてお付き合いしているのでしょうか？」

「えーと、お付き合いしていないのではないでしょうか？」

「てっきりお付き合いをしているのだと思っていました。我々は一緒に南禅寺にも京都市動物園にも祇園会館にも出かけたし、今日はこうしてクリスマスツリーを共に見ているわけですから」

「一緒に南禅寺に京都市動物園に祇園会館に出かけたら、そして今日こうしてクリスマスツリーを一緒に見たら、付き合っているということになるのかしら？　何を根拠に仰《おつしや》ってるんですか？」

「たしかに根拠としては薄弱かもしれない。少なくとも数学的ではない」

「いいわ。もし仮に、私とあなたが付き合っているとしましょう。その理由は？」

「理由？」

「その理由というのはつまり、世界に掃いて捨てるほどいる男たちの中から、あなたを特別な一人として選び出す理由。この人であればきっと私を幸せにしてくれると確信とまではいかなくても仄《ほの》かに予感できるような兆候。この人こそ私のヒーローだと嘘《うそ》でもいいから信じさせてくれるような素敵なエピソード。あの茶山の駅で出会って以来、私たちの関係にそんな要素がただの一つでもありました？　あったのならば教えてください。少なくとも私には見つけられませんでした」

ツリーの電飾が照らす彼女の顔は彫像のように美しく、目はきらきらと邪気がない。ところがその紅《あか》い唇の間から出る言葉の一つ一つが数学氏の胸を刺し貫いた。

理由だと？　何より明白な理由があるではないか。自分は彼女が自分の恋人であることを二年がかりで数学的に証明したのだ。雨の日も風の日も病めるときも健やかなるときもあの湿っぽい陰鬱《いんうつ》な四畳半に籠もって机に向かい、フェルマーの最終定理にも匹敵する歴史的かつ個人的な大証明を成し遂げたのだ。「私には恋人がいるが、それを証明するにはこの余白は狭すぎる」——そう書いてお茶を濁したいと思いながら、それでも机に囓《かじ》り付いて、血が滲むような努力を続けてきたという事実こそ、私が彼女を選び、彼女が私を選ぶ理由ではないか。

こみ上げてきた悔しさを数学氏は抑えられなかった。

「数学的に証明したんです！」と彼は呻《うめ》いた。クリスマスツリーの前でたむろしている男女がこちらを見た。まるで痴話喧嘩《げんか》を盗み見するような顔をしていた。

「何を証明したの？」

「自分の恋人の存在です。宜《よろ》しいですか。僕には特殊な能力がある。数学的に証明したものを、この世界に出現させることができるのです。この二年というもの恋人の存在を証明するために努力を重ねてきた。その努力があるからこそ、あなたはここに立っている。あなたを存在せしめたのは僕なのです」

口火を切った後、数学氏はひどく後悔した。この異常な告白に共感できる一般人が存在しないことは火を見るよりも明らかである。ところが、尋常な乙女であれば悲鳴を上げて逃げ去って然るべき状況にありながら、彼女は豪胆にも反論した。

「待ってください。よく考えて。あなたが証明する二十年も前から、私はこの世界に存在していました。そのことは私の家族や友人たちが知っています。アルバムに写真だってあります」

「証明の完成後、存在は遡及《そきゅう》的に正当化されるのだ」

「ふふん。誰がそんな妄想を信じるかしら」

あくまで彼女は落ちついている。

「僕の仲間たちは信じている」

「よほど変わり者なんですね。皆さん、現実逃避家なの？」

「友人たちを侮辱しないでください。みんな、非凡な才能の持ち主なんだ。非凡人だからこそ、非凡人を理解できる」

「たしかに私は凡人ですし、可愛《かわい》い以外にコレと言った取り柄もありません。頑張って映画を撮っても、観客はみんな眠っちゃうぐらいですから。それじゃあ、私のような凡人とは違って非凡な才能を持つみなさんは、さぞかしご活躍されているのでしょうね」

そこでハタと数学氏は言葉に詰まった。身辺を見渡しても、誰もご活躍していないからである。数学氏は苦しそうな顔で言った。

「我々は誓ったんです。この能力を決して世のため人のためには使わない、と」

「やっぱりね」

彼女の目が嗤《わら》っていた。

「できないのではなく、やらないだけだ。そう言うんですね。サークルの先輩たちにさんざん聞かされて耳にタコができたわ」

「そんなやつらといっしょにしないで欲しい」

「精神の貴族は行動しないとかなんとかかんとか、そんなことばっかり。あなた方のような人はいつもそう言うんです。ワンパターンの逃げ口上!」

「逃げ口上じゃない……そんなつまらないものじゃない……」

もはや息も絶え絶えの数学氏に彼女はとどめを刺した。

「もしあなたに非凡な能力があるのなら、こんなひどいことを言う私を心変わりさせればいいじゃないですか。私が従順で頭が空っぽな乙女であることを数学的に証明すればいいでしょ? なぜそうしないの? できないの? それともやらないだけなの? いいわ。ほかの方々にも本当に非凡な能力があるのなら、その能力を使って私を参ったと言わせてごらんなさい。そうすれば私も少しはあなた方を見直してあげます」

なぜだか宣戦布告をして、彼女は身を翻《ひるがえ》した。

夢のように輝くクリスマスツリーの下に、数学氏だけがぽつんと残された。

○

その絶望的な夜から、数学氏は四畳半に籠《こ》もって机に向かった。初音さんが自分の恋人でないことを証明すれば、胸の苦しみも消えるだろうと考えたのだ。しかし紙に書かれた数式に集中しようとしても、あのクリスマスツリーの輝きの中で彼女が冷酷に言い放った言葉の数々が数学氏の胸を掻《か》き乱し、証明は遅々として進まない。やがて彼は高熱を発して倒れた。

連絡が途絶えた数学氏を心配して、モザイク先輩が見舞いに来た。数学氏は差し入れの桃色画像を見る気にもならないほど衰弱し、万年床から這《は》い出すこともできなかった。モザイク先輩がどこからか手に入れてきたという色とりどりの饅頭《まんじゅう》にも手をつけない。即席の玉子スウプをずるずるすすりながら、「俺はもう駄目です」と数学氏は苦い涙を落とし、彼女との顚末《てんまつ》を語った。

モザイク先輩は桃色の饅頭を囓りながら「生意気な女め」と呟いた。「どうせちょっと可愛いだけが取り柄の性悪だろうと思っていたんだ。俺にまかせておけ」

「どうするんですか？」

「彼女は大日本凡人會に宣戦布告したんだ。俺は受けて立つぜ」

「先輩、乱暴なことはちょっと……我々は悪の組織ではないのですから」

「彼女は映画好きだよな？　ありったけのモザイクを集めて、彼女の自宅に送り込んでやる。お気に入りのコレクションが台無しになるぞ」

数学氏は弱々しく反対した。「それはいくらなんでも悪辣《あくらつ》な」

「君はあんなことまで言われて、まだ彼女に未練があるのか？」

モザイク先輩は四畳半を飛び出した。

空いっぱいを覆《おお》う大理石のような雲、それを一条の夕陽が不思議な色に染めている。夕闇《ゆうやみ》に沈む哲学の道を駆けながら、モザイク先輩は「彼女は凡人の分際で大日本凡人會を敵に回したのだ！」と呻いた。実を言えばその怒りは、数学氏に恋人（仮）ができたと分かった際に彼の胸中にわき起こった激しい嫉妬《しっと》の裏返しであった。その嫉妬のエネルギーは捌《は》け口を求めて渦巻いていたのである。

モザイク先輩は市内の複数の店舗を回り、監視カメラの目を逃れ、大量のモザイクを集めた。それらを慎重にゴミ袋に保管し、足早に彼女の住まいに向かう。東鞍馬口《ひがしくらまぐち》通《どおり》と疏水《そすい》の交差のそばにあるワンルームマンションである。モザイク先輩はオートロックを巧みにかいくぐってマンション内に潜入し、彼女の部屋の鍵穴《かぎあな》から、集めに集めたモザイクを流し込んだ。

「これでいい。映像をすべて駄目にされて、さすがの彼女も音《ね》を上げるだろう。向こうが謝ってきたら、モザイクを外してやってもいい。このきわめて紳士的な戦い方に彼女は惚《ほ》れるかもしれない。参ったな」

そうしてモザイク先輩は白川通のラーメン屋でチャーシューラーメンの大盛りと餃子《ぎょうざ》と麦酒《ビール》でひとり祝杯を挙げ、ほろ酔い気分で錦林《きんりん》車庫の裏にあるアパートに帰ってきた。部屋を開けたとたん、彼は自宅がモザイクに埋め尽くされていることを発見した。こつこつと作り上げてきた桃色映像アーカイヴは、モザイクアーカイヴと成り果てていた。

「これも！　これも！　これも！」

彼は半狂乱となってビデオやＤＶＤを掻き回した。怒りに燃えながらアーカイヴを救うために徹夜でモザイクを取り外しているうちに、彼は見る物すべてがモザイク状に見える中毒症状を呈して寝込んでしまった。

数学氏から話を聞いた凹氏が心配して訪ねると、モザイク先輩は目前を漂うモザイクの幻影に悩まされ、ベッドに横たわったまま掌《てのひら》を宙でヒラヒラさせていた。

「どうしたというんですか？」

「やられた。あの女だ。返り討ちにあった」

〇

モザイク先輩から一部始終を聞いた凹氏は自分も何かしなくては申し訳ないような

気がした。そこで彼は彼女を落とし穴に落としてやろうと企《たくら》んだ。「なに、そんなに深い穴じゃない。ちょっと『オヤッ』と思うぐらいの可愛いやつでいいんだ」

翌日、東鞍馬口通で待機していた凹氏は、歩いてくる彼女に声をかけた。

「こんにちは。お久しぶりです」

「あ！　お久しぶりです」

凹氏の見るかぎり、彼女はモザイク先輩や数学氏の言うような悪人には見えなかった。明るい笑顔が気持ちの良い人である。

若干胸が痛んだが、凹氏は彼女の前に立って、ここぞとばかりにドイツ語再履修クラスのことを考えた。それだけで彼の心は深い闇に閉ざされ、夢も希望もないような気がした。語学の単位が足りないばかりに留年の憂《う》き目にあった先輩たちの談話が胸に去来し、「自分はこのまま大学から出ることもできずに朽ち果てていくのだ……」と暗澹《あんたん》たる気持ちになるにつれ、アスファルトの路面がゆっくり凹《へこ》んできた。

そのとき彼女が「すごい才能をお持ちなんですよね？」と言った。「聞いています」

「え？　いやあ、そんな、すごいだなんて。大した才能じゃないですよ」

「空間を歪《ゆが》めるなんて。とても凡人にはできませんよ」

「でも何の役にも立たないですし」

照れながら手を振る彼に、彼女は暖かい目で微笑《ほほえ》みかけた。「どんな才能や発明も、最初はそんなふうに見えるでしょ？　世界的ピアニストだってメジャーリーグの選手だって最初は初心者なんだし、蒸気機関だってコンピュータだって宇宙ロケットだって最初はオモチャだったんですから」

「そんなものかな？」

「私、あなたの能力の発展した先に、すごく明るい未来が見えます」

彼女は目をきらきらさせながら続けた。「だって、今は世界的にエネルギー問題とか、食糧問題とか、環境問題とか、たくさんの問題があるでしょう？　きっと世界を救うような技術があなたの能力から発見されると思います。そう、あなたは世界を救う人になるの。ノーベル賞なんて目じゃないかも」

「そんなに褒められたことはなかったなあ。これで苦労もあるんですよ。万年床から出られないし……おかげで語学の単位を落としかかってるし」

「そんなの小さなことですよ。あなたならきっと乗り越えられます。応援してます」

「ありがとう。頑張ります」

「じゃあ、また」

そして彼女は葉を落とした疏水沿いの並木の下を、大学の方へ歩いて行った。

彼女の姿が見えなくなったあと、凹氏はハタと気づいた。彼女に褒め称《たた》えられる嬉《うれ》しさに我を忘れて、意図的に凹むことを忘れていたのだ。「僕はまんざら駄目人間でもないかも」と酔いしれていたものの、まんまと彼女の罠《わな》にかかったのではないか。口車に乗せられてほくほく喜んで作戦を忘れるなんて、僕はなんという駄目なやつなのだ……と思ったとたん、彼は文字通り奈落《ならく》に落ちた。

彼が物理的精神的な窪《くぼ》みの底でもがもがしているところへ通りかかったのが丹波氏である。丹波氏は穴を覗《のぞ》き込んで、ぽろんとマンドリンを鳴らした。

「おや、こんなところで何しているの？　通行人に見られたらまずいんじゃない？」

「僕はもう穴があったら入りたい気分なの」

「もう入っているじゃないか。早く出てこい。生協で天津《てんしん》飯を食べよう」

かくして生協食堂において、数学氏とモザイク先輩と凹氏の敗北を知った丹波氏が、般若心経《はんにゃしんぎょう》を貼《は》り付けたマンドリンを握って立ち上がる。

○

丹波氏はこれまで自分に冷たかった世間へのささやかな意趣返しとして、「マンドリン辻説法《つじせっぽう》」なるインチキ人生相談を行うことを趣味としていた。マンドリンをぽろぽろ弾いて相手の心の声に耳を澄ませれば、いくらでも説教の種は湧《わ》いて出た。そうして彼は幾多の迷える子羊たちを不毛の荒野に導いてきたのである。

しかしこれまでの経緯から、初音さんは丹波氏の能力を把握している可能性が高かった。ならばマンドリン辻説法のような生半可な方法論で行けば返り討ちに遭う。相手の心に強引に踏み込んでいく必要があるが、それは丹波氏にとっても苦しいことだ。精神的負担によって抜け毛が増えることを恐れ、丹波氏はそういった暴挙は久しく慎んでいた。

「他ならぬ数学氏のためだ」と彼は決意した。

丹波氏と数学氏はマンドリン同好会で出逢《であ》った頃からの友人であり、彼ら二人がおたがいの非凡なる才能を認め合ったことから大日本凡人會は始まった。その彼の窮地にあたって、抜け毛と友情を天秤《てんびん》にかけて二の足を踏むほど丹波氏は冷たい男ではない。

かくして丹波氏は初音さんの出席している講義を見張り、文学部から附属図書館へ抜ける中庭で彼女に声をかけた。紅《あか》いマフラーを巻いた彼女は振り返り、彼の顔を見て顔を明るくした。

「あ！　こんにちは。お元気ですか？」

「まあまあですよ。あの喫茶店以来ですね」

彼女は丹波氏が持っている黒いケースを見た。「それ、マンドリンですか？」

「そうです。趣味でちょっと演奏をね」

そこで丹波氏は提案した。「良かったら聴きます？」

「ぜひぜひ」

彼らは大学構内をぶらぶら歩き、やがて工学部の古いコンクリート造りの校舎が建ち並ぶ一角へやってきた。小さなベンチに腰掛けて、彼はマンドリンを取り出す。人通りも少ないので、ここならば他の人間の思念が邪魔する可能性も低くなると踏んだのである。

彼はマンドリンを爪弾《つまび》き、初音さんの心の声に耳を澄ました。

彼は彼女の心へ入っていく。それまで微《かす》かな潮騒《しおさい》のように聞こえていた彼女の心のざわめきが、立体感をもって彼を包んだ。言葉とイメージの群れがやってきた。手応《てごた》えのある情報を求めて、彼は彼女の心を手探りする。空飛ぶ蒲鉾《かまぼこ》の大群が見えたかと思うと、ＮＨＫニュースの断片、次には砂漠を行くラクダの群れ、そして四畳半に閉じ籠もって玉子丼《どん》を食べ続ける男。いくらなんでもバラエティが豊か過ぎではないのか。色とりどりの饅頭の山。水玉ブリーフをはいた男。どういうことだろう。猪《いのしし》の鼻に乗った蝸牛《かたつむり》。やがて鞍馬の山々が彼の眼前にそびえ立つ。すぐに山々はプリンのように震動を始めて桃色に染まる。おかしい。つかみ所がなさすぎる。この初音さんという人、実はとんでもない阿呆《あほう》なのか。そして、なぜこんなにも溢《あふ》れ出すようにおっぱいのイメージが流れ込んでくるんだろう。どうもこれは彼女の心ではないぞ。思念が混線している。明らかに、この界隈《かいわい》におっぱいのことしか念頭にない破廉恥《はれんち》な男が潜んでいるのだ。それにしても、この明確なイメージ力はただごとではない。どれだけおっぱいが好きなのだ。邪魔をするな。誘惑するな。行く手を阻《はば》むかのように膨れあがる桃色の谷間をフェラーリに乗って通り抜けると、京都の細い路地に入った。かすかに甘い匂《にお》いが流れてくる。それは恋の匂いであることを彼は知っていた。喩《たと》えることはできないが、強いて言えば金木犀《きんもくせい》のような匂いである。その匂いは路地に面した古い料亭の二階から漂っていた。遠い昔、こうして意中の乙女の心を探り、恋の匂いを辿《たど》った先に見つけたもののことを思い出し、彼は心を痛めた。俺はあんなことをすべきではなかったのだ。

彼はフェラーリを停め、料亭の二階に上がっていった。六畳ほどの座敷で、窓の欄《らん》干《かん》の向こうは白々と明るい。襖《ふすま》の向こうから恋の匂いが漂ってくる。ここだ。そこに彼女の意中の人がいることが分かっている。それは誰であるのか。しかし、それはおそらく数学氏ではあるまい。

襖を開くと、その向こうは恋の匂いで充満していたが、人の姿はない。掛け軸がなく、素焼きの壺《つぼ》だけが置かれた床の間がいやにがらんとして見える。誰もいない。意中の人の姿がないのに、恋の匂いだけがすることなどあり得るのだろうか。床の間の隣にはスクリーンがある。彼がぼんやりと眺めていると、そこに映像が映った。まず大学の時計台が映る。次に農学部のグラウンドが映った。そして琵琶湖疏水が映った。さらに大文字山が映った。まるで退屈な卒業アルバムのように、何の変哲もない風景が、気が遠くなるほど間延びしたリズムで延々と切り替わっていく。

「これは初音さんが撮影した映画か？」

ふいに猛烈な眠気が彼を襲った。とても目を開けていることができない。罠にかかった、と気づいても、彼はもうスクリーンから目を離すことができなかった。不思議なリズムで切り替わる景色の中に、一人の男が映っているのが見えた。どこかで見た男だ。

「ああ、やはり君だったか」と呟《つぶや》いて、丹波氏は意識を失った。

気がつけば彼は冷たいベンチに横たわっていた。初音さんが傍らに立って、彼の顔を覗き込んでいる。

「大丈夫ですか？」

彼女は優しい声で言った。

「あんまり人の心を覗いては駄目」

〇

第二百回目の会合が招集された。

冷え冷えとする四畳半に集った四人の男たちの表情は一様に暗い。数学氏はただ紙に乱数を書き散らすばかりであり、モザイク氏は視界の隅をまだ横切るモザイクの断片を振り払おうとしており、凹氏は畳を凹ませて、丹波氏はマンドリンを撫《な》でている。

「負けだよね、我々の」と数学氏が呟いた。

彼らは全会一致で、大日本凡人會の初音さんへの降伏を決議した。

「明日はクリスマスイブだなあ」と丹波氏が呟いた。

「初音さんは雪が好きだと言っていた。京都は雪があまり降らないから淋しい、と」

「そうかい」

「雪でも降らそうかな」数学氏は言った。「白旗代わりになるじゃないか」

「どうやって？」と凹氏が訊ねる。

「我々は大日本凡人會だ。力を合わせれば雪ぐらい降る」

○

クリスマスイブの夕暮れである。

鴨川デルタの突端に大日本凡人會の面々が集まっていた。丹波氏と凹氏が肩を組み、丹波氏が手に持ったマンドリンの裏側、般若心経が貼られた部分に凹氏が手を当てている。モザイク先輩が地面に置いたゴミ袋から両手に山盛りすくい出した物質を、丹波氏のマンドリンの穴に流し込んでいる。

彼らから少し離れた川縁に、数学氏が立っていた。彼はノートを広げ、そこに書かれた数式をチェックしては、鴨川の上に広がる空を見る。冷たい川風が彼の髪を揺らしていた。

「そろそろだ」

数学氏が振り返って声をかけた。

先ほどまできれいに晴れていた空が曇り、やがて大粒の雨が降り始めた。しかしその雨は鴨川デルタを中心とした半径一キロ程度の狭い範囲でしか降らなかった。丹波氏が凹氏の心に入り、バニーガール・パラダイスとドイツ語再履修クラスの生々しい概念を吹き込むと、凹氏の心は膨らんだり凹んだりし、それがマンドリンを膨らんだり凹んだりさせた。空気銃の要領でマンドリンから空高く撃ち出されたのは、先ほどモザイク先輩が流し込んでいたモザイクである。

夜空に散ったモザイクは、降り注ぐ数学的雨と混じり合い、それを結晶化した。

そして白い雪が、夕闇《ゆうやみ》に包まれる鴨川デルタの土手に降ってきた。賀茂大橋を行き過ぎようとしていた人々が足を止め、その不思議な現象に見入っていた。

「高校の卒業式で雨を降らしたことがある。そのときの数式をちょっといじっただけだ」数学氏が空を見上げながら言った。「見たまえ、ちゃんと降った」

そのとき土手にある松林の隙間《すきま》から、初音さんが歩いてきた。白い雪が降ってくる空に向かって両手を広げて、嬉しそうな顔をしていた。

彼女は鴨川デルタの突端までやってきて、数学氏の隣に立った。

「私たちはこの日を待っていたんです」

「私たち？」

「私と」

「僕です」

そのとき数学氏は、彼女に寄り添っている存在感のない人物に気づいた。数学氏は溜息《ためいき》をつき、「やはり無名君だったのか」と言った。「そうでないと説明がつかないとは思っていた」

「僕はずっといたんです」と無名君は言った。「先輩たちが茶山駅で初音さんを見つけたときも、喫茶店で彼女をデートに誘ったときも。お二人の出かけた先々、あの京都駅のクリスマスツリーの下にも僕はいました。皆さんが彼女に挑んだとき、あらゆる作戦を阻止したのも僕です」

「君たちはどうして出逢ったの？」

「彼女が学園祭で上映した映画ですよ。僕が映り込んでしまったのがきっかけです。なぜか彼女だけが僕を見つけてくれた」

「初音さんは俺の恋人ではなかったということ？」

「先輩が存在を証明した恋人は、たしかに茶山駅に現れました。皆さんが初音さんに気を取られているうちに、彼女は電車に乗って行ってしまいました」

「無名君、君は俺を罠にかけたのか。そうして俺の血の滲《にじ》むような努力を無駄にしたのか」

数学氏は絶望して頭を掻《か》きむしる。

無名君は微笑んだ。

「大丈夫です、先輩。僕はその人と話をしました。彼女がどんな人か、どうすれば連絡を取れるか、僕だけが知っている。でもそれを先輩に教えるには条件があります」

数学氏は数式を書いた紙をくしゃくしゃに丸めた。

「大日本凡人會は君たちに敗北したことを認める。どうしろと言うんだ？」

「僕と彼女を大日本凡人會に迎え入れて欲しいんです。そして、その非凡な力を、もっと有意義なことに使って欲しい」

「そう簡単にウンというわけにはいかないぞ」

数学氏は口をへの字に曲げて空を見た。「我々にも非凡人としての誇りがあるんだ」

「きれいな雪を降らせてくれてありがとう」

初音さんが礼を言い、数学氏の手を取った。

「皆さんにはもっと大きくて、素晴らしいことができるはずです。一日一善でも、百善でも。クリスマスイブに雪を降らせるだけで終わるような人たちではないんです」

賀茂川の対岸から賛美歌が流れてきた。

すっかり日の暮れた土手に、たくさんの蠟燭《ろうそく》の火がちらちらと揺れている。

やがて降りしきる雪があたりをうずめ、街の灯を照り返して夜の底を明るくした。

イブの夜に古都を飾った雪が、妄想的数学の雨と桃色映像の一部から生まれたものであることに気づく者はなかった。そして恥を知らぬ恋人たちは、浪漫《ロマン》的かつ猥褻《わいせつ》な逢《おう》瀬《せ》を満喫した。

「立ち上がれ、大日本凡人會！」

初音さんが言った。

数学氏は鼻を鳴らした。不機嫌そうではなかった。

○

この記念すべき和睦《わぼく》は「デルタの和睦」と呼ばれ、大日本凡人會の歴史に長く名をとどめることになった。

彼らの真の活躍は、ここから始まる。

四畳半統括委員会

或《あ》る学生の書いた手紙

こんにちは。上松《うえまつ》だ。すまないが、鮨《すし》詰め鍋《なべ》パーティには参加できなくなった。突然こんな手紙を受け取って、君は驚いたかもしれない。しかし今の俺は、こうやって手紙を送るだけで精一杯なのである。アパートの表には「やつら」が待ち伏せしている。俺はこの手紙を別の部屋の住民N君に託す。この手紙が君に無事届くことを祈るばかりだ。

約束していた鮨詰め鍋パーティに参加することができなくなったことを残念に思う。俺は決して怖《お》じ気《け》づいたわけじゃない。この真夏に何を好きこのんで男だらけで四畳半下宿に籠《こ》もってキムチ鍋を食べなくてはいけないんだ！とウンザリしたわけでもない。それは分かってくれ。

すべてが俺の予想を上回る勢いで進んでいる。

ここ数日、俺とやつらの関係は緊張の極みに達している。できるかぎり秘密裡《ひみつり》に計画を実行しようとしてきたが、俺が高野《たかの》の小ぎれいなワンルームマンションに引っ越そうとしていることを嗅《か》ぎつけられた。今のところは精一杯誤魔化しているが、危険は去っていないと俺は見る。やつらは俺が四畳半を脱して新天地に向かうことを阻止しようとするだろう。もし俺が鮨詰め鍋パーティに参加したら、おまえや芹名、柊と鈴木さんにも危険が及ぶかもしれない。それほどのことなのだ。

俺はしばらく姿を消す。

やつらは恐ろしい組織だ。

「四畳半統括委員会」という名前を聞いたことはないか？

その活動の全貌《ぜんぼう》を伝えることはできない。ともかく恐ろしい連中だ。やつらのせいで涙を呑《の》み、薔薇色《ばらいろ》の学生生活を断念した学生たちがどれほどいることか。やつらは俺たちから四畳半のうち半畳をむしりとっていく。ひとたび半畳を差し出したが最後、やつらはすべてを要求してくる。俺たちの生活の一切を。やつらは四畳半生活者の魂を吸い取り、ぶくぶくと肥え太り続ける怪物に他ならない。これが「世界四畳半化計画」という恐ろしい計画の一環であることを俺は摑《つか》んだ。

大学当局は四畳半統括委員会の跳梁跋扈《ちょうりょうばっこ》を止めることができない。この巨大な組織を前にしては、一個人の力など何の役にも立たない。我々学生が力を合わせて立ち上がり、異議を唱えなくては。しかし今はまだそれだけの態勢が整っていない。俺にできることは、いったん逃げ延び、反撃の機会を窺《うかが》うことだけだ。

これは戦略的退却なんだ。

だから鮨詰め鍋パーティには参加できない。阿呆神《あほうしん》に誓って、本当は参加したかった。仲間たちと暑苦しい無益な試練に立ち向かいたかった。しかし状況がそれを許さない。

俺のことは捜さないでくれ。当分は電話に出ることもできないだろう。居場所も教えることはできない。四畳半統括委員会を相手にして、用心してもし過ぎるということはない。

くれぐれも身辺に注意してほしい。四畳半手帳を持った男たちに気をつけろ。

なお、この手紙は自動的に消滅する。

上松康平《こうへい》

芽野史郎様

新入生歓迎用パンフレットより抜粋

新入生のみなさん。大学にようこそ。

みなさんはこれから始まる新しい生活に向けて、期待と緊張を味わっていることと思います。その胸の高鳴りを忘れずに、これからの大学生活を有益かつ薔薇色なものにしてください。

このパンフレットは、右も左も分からない新入生の皆さんが、楽しい大学生活を送る上で役立つ情報をまとめたものです。大学周辺の地図、素晴らしいサークル、名物講義、各種手続きの方法など、有益な情報が満載されています。皆さんが気持ちよく新生活をスタートできるよう、編集部一同応援しています。

何よりもまず気をつけてほしいことは、怪しげなサークルの勧誘に引っかからないこと。サークル選びひとつで皆さんの学生生活は百八十度変わる。そのことを肝に銘じてください。

昨今、一見普通のサークルのように見せかけて、その実、違法なビジネスや宗教に勧誘するサークルがあります。ソフトボールサークルに参加したつもりが、夏の合宿に出かけてみるとソフトボールにまったく関係のない教祖様が出てきた、などという哀《かな》しむべき逸話は枚挙に暇《いとま》がありません。頻繁に連絡をしてくる、家を訪ねてくる等の強引な勧誘を行うサークルに出会った場合はくれぐれも注意してください。

さらに皆さんが注意しなくてはならないのは、「四畳半統括委員会」と呼ばれる組織です。

まず四畳半に住むことは避けてください。それさえ避ければ、彼らもつけこむことはできません。もし「どうしても四畳半に住みたい!」という情熱を燃やしているならば、下宿に訪ねてくる人にはくれぐれも用心すること。彼らがどんなに懇願してきても「半畳」を貸してはいけません。

これは「半畳占拠運動」という悪名高い手口で、ひとたび要求に屈したが最後、彼らは次々と要求を上乗せしてきます。あなたは万年床を作る空間も失うことになるでしょう。四畳半統括委員会はそうして幾多の四畳半を傘下《さんか》におさめていると言われています。彼らの活動のために大勢の学生たちが苦しんでおり、四畳半統括委員会の存在は大きな社会問題となっています。

こんなことを言うと、これから始まる学生生活が不安になるかもしれませんね。心配はご無用です。そんなあなたのために、この冊子を作ったのです。この冊子をよく読み、正しい知識を得ておけば、恐れることはないのです。(後略)

『四畳半神話大系』(森見登美彦著)より引用

大学入学以来、私は四畳半を断固として支持して来た。七畳やら八畳やら十畳やらの部屋に住む人間は、本当にそれだけの空間を我が物として支配するに足る人間なのであろうか。部屋の隅々まで、己の掌《てのひら》のごとく把握できているのか。空間を支配することには責任が伴う。我々人類に支配可能なのは、四畳半以下の空間であり、それ以上の広さを貪欲《どんよく》に求める不届き者たちは、いずれ部屋の隅から恐るべき反逆にあうことであろう――そう私は主張してきた。

ブログ「今日もサッパリ唐変木《とうへんぼく》」より引用

やあ、こんにちは世界！

あいかわらず、やる気のなさに満ち溢《あふ》れた唐変木です。

今日は飯食った、散歩した、ごろごろした、終わり。

世界は平和ですね。あんまり平和過ぎて鼻血が出るよ！　血みどろ！

というところまで書いてきてアッと思い出したぜ。今日はそれなりにへんてこな出来事があったのだ。

俺の住んでいるアパートの近所に北白川天神《きたしらかわてんじん》というお社がある。そこをぶらぶらしながら、なぜか俺は稲荷寿司《いなりずし》を食べていた。俺は稲荷寿司が好きなんだ。なんというの、アブラゲに甘い汁《し》が染みてて、ころんと丸いやつ。あんなにステキなごはんってないよね。

そうすると境内にばらばらと四人の男たちが入ってきた。

見るからに貧弱な。見るからにヘンタイ的な。

「世界四畳半化シミュレーション」とか、そんなこと言ってる。かかわりあいになっちゃいかんと思って、俺は社の裏からこっそり覗《のぞ》いてた。

俺が覗いてると、そいつら畳を並べて何かやっているの。ごろごろしたりとか、鍋を置いたりとか、達磨《だるま》を転がしてみたりとか。笑っちゃう。みんなへんてこな手帳を持ってて、色々書き込んだりしている。正方形の手帳。表紙が四畳半みたいに区切られてる。

それが噂《うわさ》の「○○○○委員会」だったっていう。

なんちゃって。

こんなふうに書くと冒険的生活に見えるでしょう。俺がこんなことを書いたのは秘密にしておいて。いや、これはぜんぶ嘘《うそ》だから真に受けないでね。

いや、本当に。冗談だから。では今日はここまで。

(引用者注 この記事は掲載の二時間後に削除された)

第17回「四畳半統括委員会」対策委員会議事録

○　日時　8月6日（木）26：00〜27：30

○　場所　法経第五教室

○　出席者　〈委員、敬称略〉
　相島、西向、柏原、神山、高橋、廣松（事務局）
　小津《おづ》（図書館警察・個人情報企画室長）

○　議事内容

（小津室長）　大変お待たせいたしました。それでは、定刻を過ぎましたので、ただ今から第17回「四畳半統括委員会」対策委員会を開会させていただきます。みなさん、深夜にもかかわらず、ご出席いただきましてありがとうございます。加藤前委員長が「もう四畳半でお腹《なか》いっぱいいっぱいだなあ僕は」と呟《つぶや》き、日本海に向かって鯖街道《さばかいどう》を逃亡したため、みなさまには後ほど新しい委員長を選出していただくことになりますが、それまでの間、便宜上わたくし小津が議事進行を務めさせていただきたいと思います。宜《よろ》しくお願いします。

図書館警察内規第4条に定めたるところにより、委員長は委員の互選によって選任するということになっています。というわけで皆さんにお諮《はか》りしたいと思います。どうしましょ？

(西向委員)　私は相島さんにお願いしたいと思いますが、いかがでしょうか。加藤前委員長の時代から、四畳半問題については実質的に相島さんが指揮をとられていたことですし。

(小津室長)　ありがとうございます。それでは相島委員、宜しくお願いいたします。議事進行は以後、相島さんにお願いしたいと思います。

(相島委員長)　どうも。皆さん、宜しくお願いします。とくに挨拶《あいさつ》ということも必要ではないと思いますので、さっそく本題に入りたいと思います。四畳半統括委員会の暗躍については、我々の活動を脅《おびや》かすものとして、これまでにも危機感をもって対処してきました。そういうわけでこの会議も17回を数えることになったわけですが、そのわりには成果は上がっていませんね。なぜか。情報収集については高橋委員が務めてこられたと思いますけど。

(高橋委員)　どうも申し訳ありません。目下、私の人脈を使って調査中ですし、小津室長にもご協力いただいて粉骨砕身努力してるわけですが、どうにもうまくいきません。これだけ綿密な調査をして、今もなお統括委員会がどこで開かれているかということさえ分からない、「四畳半手帳」とやらを持って暗躍する男たちについても目撃談はたくさんあるのに、確証は何もないのです。ひょっとすると……。

(相島委員長) ひょっとすると、四畳半統括委員会という組織は存在しないかもしれない、と？

(高橋委員) あくまで私の推量です。確証は何もありません。

(相島委員長) 何かご意見のある方はありませんか？

(神山委員) 私も高橋委員と同じことを感じていました。我々は学生の生活向上のためという確固たる目的をもって活動している組織です。しかし四畳半統括委員会はその目的があまりにも曖昧模糊《あいまいもこ》としていて、けっきょくのところ、何をどうしたいのかサッパリ分からない。彼らの有名な主張「世界を四畳半化する」というスローガンにしても——これもいつの間にか定着していました——分かったようで分からない。だから何なんだ。とりあえず何かそれらしいことを言っておけ、という印象が強いのです。さらに言えば、しばしばその構成員の特徴として言及される「四畳半手帳」にしろ、あの忌《い》まわしい儀式「ペコちゃんの憂鬱《ゆううつ》」にしろ、必ず銭湯の裏で行われる「もんどりダンス」にせよ、「半畳占拠運動」にせよ、実際にそれが行われている現場を目撃したものが誰もいないのです。それらはただ噂として流布《るふ》しているだけです。そして学生たちをいたずらに不安に陥《おとしい》れている。まるで不安に陥れること自体が目的であるかのようです。

（相島委員長）　つまりどういうことですか？

（神山委員）「四畳半統括委員会」とは、そもそも存在しないのではないかということです。

（廣松委員）　しかし実際に被害は発生している。四畳半に住めなくなったといって逃亡したりする学生は存在しています。一方では四畳半統括委員会の任務と称して四畳半に立て籠《こ》もって出てこなくなる学生もいる。すでに新入生歓迎用のパンフレットにも四畳半統括委員会に用心するように注意書きが書かれるようになりました。学内には多くの反四畳半統括委員会のビラが貼《は》られています。

（神山委員）　私は四畳半統括委員会が何ら影響を持たないものと言っているのではありません。むしろ逆です。これはたいへん得体の知れない連中です。というか、そもそも戦うべき「連中」が存在していないかもしれないからこそ脅威なのだと思う。

（西向委員）　彼らの配布するパンフレットに「聖なる阿呆《あほう》の伝説」というものがあります。四畳半という概念を定義すると称して、ほとんど意味の分からない妄説が羅列されているのです。彼らは阿呆神という存在を最重要視している。全宇宙の四畳半を統《す》べる阿呆神というイメージが学内に流布しているのは彼らの影響でもある。これは極めて危険な兆候です。

（相島委員長）なるほど。けっきょくのところ、なぜ彼らは生まれたのか？　そして本当に存続しているのか？　近日中に委員会のメンバーを増強します。我々はなんとしても彼らの正体を明らかにして、その「世界を四畳半化する」とか「阿呆神」とかの戯言を根絶しなくてはならない。なにしろ、四畳半統括委員会が我々の下部組織であると誤解している学生さえいる。そのような得体の知れない集団といっしょにされては、我々「図書館警察」の名が汚《けが》れる。断じて見過ごすことはできません。

学生時代の思い出について語る二人の男
（有楽町の某ビルヂング地下喫茶店「メリー」にて）

「お久しぶり。仕事はどう？」

「あれこれどたばたしてるなあ。まだ慣れない。ちっとも慣れない。四六時中阿呆な仕事にこづき回されてるという感じがする。毎日毎日何かと忙しいし、落ちついて考えているヒマがないんだ。こんなことじゃあ、あっという間に頭が悪くなってしまうような気がする」

「学生のときはもっと世の中はまともなものかと」

「そうそう。そういうことはたしかに思った」

「じつは小学校時代並みに混沌《こんとん》としてるね」

「俺の場合、小学校・中学校・高校は、まあいいよ。混沌としてたのはむしろ京都時代」

「大学、混沌としてた？」

「まあ、今から思えばね。信じられないような阿呆な出来事があったね。あんまり思い出したくもないな。いろいろ人にも迷惑をかけちゃったし。おまえは知らないだろうけど」

「ひょっとして四畳半……？」

「え？　なんで知ってるの？」

「いや俺もいっしょ。俺もあれではひどい目にあってね」

「なんだそうなのか。それならそうと言ってくれれば」

「あまり人に言いふらせる雰囲気じゃなかったからねえ。四畳半統括委員会って、みんな名前を知っているのに、誰もその活動の実態を知らなかった。ほら、迂闊《うかつ》に喋《しゃべ》ると何か恐ろしいことになりそうな気配っていうか、そういうのがあったでしょう？」

「おまえ、あの組織についてけっこう詳しいの？」

「ちょっとは知ってるけど。でもあまり言いたくないな」

「おまえが知ってるんならいいや。何が恐ろしいって、例の『ペコちゃんの憂鬱』ね」

「ああ、あれはな。あれは恐ろしかった。思い出したくもないなあ」

「だよなあ。それにしても彼らは何だったんだろう。一時的に京都を席巻《せっけん》したけど。俺はてっきり日本全国なのかと思っていたら、京都だけの話だったんだな。彼らの目的、何だったっけ。ほら」

「世界を四畳半化する」

「それ、実現できたのかな」

「まさか」

「いや、今でもときどき俺は考えることがあるよ。自分がこうしてあれこれ阿呆な仕事に追い回されて疲れてるだろ。そうして家に帰ってきてさ、ドアを開けたら、そこに四畳半があるんだ。そしてマンションの隣の部屋も四畳半、その隣も四畳半、窓を開けてみたら見渡すかぎり四畳半が……ってね」

「そんなことを考えてるわけ？　だいぶお疲れのご様子だな」

「今でも考えるよ。俺はだってさ、そもそもあの半畳占拠運動ってのが……」

「待て」

「なんで？」

「あの隅にいる男、見覚えない？　いや、振り返っちゃいけない。用心して」

「いや知らない」

「あの男……たしか銭湯の裏で」

「気味の悪いことを言うなよ。銭湯の裏と言えば『もんどりダンス』じゃないか。そんなことになったら俺たちは終わりだ。いや、俺は何を言っているんだろう。あんなのは大学の中だけの話だ。狭い箱庭にいたから、俺たちはあんなに戦々恐々としていたんだ」

「今はもう関係がない、と？」

「そうだよ。当たり前だろう。もう俺たちはあの世界からは逃れてきたんだから。それにここは東京だ。俺たちはずいぶん遠くまで逃げてきたはずだ」

「しかし、もし」

「もし？」

「世界がすでに四畳半化していたとしたら、どうだ？　おまえがまだあの世界から抜け出すことができず、まるでお釈迦様《しゃかさま》の手の上にいた孫悟空のように踊っているだけで、そして俺がまだ四畳半統括委員会に所属している男であり、おまえに対してあの『ペコちゃんの憂鬱』をもたらすために現れたとしたら？」

「おい、よせ」

大学構内に大量に貼られたビラ

私は断固として四畳半統括委員会に対して抗議します。

四畳半統括委員会は私の住んでいる四畳半を乗っ取り、彼らの領土にしてしまいました。このような無法なことが許されるのでしょうか。今の私に残されているのはもう半畳だけです。寝る余裕もありません。半年前まではのびのびと寝転んで惰眠をむさぼることができたのに。今の私は自宅で安眠することもできずに、友人宅やマンガ喫茶を転々とする生活を余儀なくされています。

本当に、私はもう憤激です。憤死します。憤死です。

四畳半統括委員会によって私の幸せな生活は破壊されました。世界を四畳半化するという彼らの恐ろしい任務について、皆さんはご存じでしょうか。彼らはすべての四畳半を支配するつもりです。そればかりではない。彼らは地球上をすべて四畳半単位で区切り、それらを緻密《ちみつ》な計算式にしたがって組み合わせ、整然と整理された不愉快な世界を構築することを企《たくら》んでいるのです。

これは人類の自由に対する明白な攻撃です！

ダメ！

四畳半統括委員会の口車に乗ってはダメ！

戦いましょう！

立ち上がって！

そして、私のような不幸を味わう人間を一人でも減らさなくてはいけません。

私は断固として戦います。私といっしょに四畳半統括委員会に対する浪漫《ロマン》的闘争を戦い抜いてくれる、黒髪の美人からのご連絡をお待ちしています。

或《あ》る学生の書いた手紙を受け取った学生の半日

或る夏の日の午後、芽野史郎は手紙を受け取った。

彼の知り合いには手紙を書いて投函《とうかん》するなどという面倒臭いことをする人間はいないはずである。彼の郵便ポストに入っているものは、大家からの家賃の督促か、あるいは宗教的な文言や風俗情報をちりばめた小さな紙切れぐらいであった。したがって彼は、同じ詭弁論部《きべんろんぶ》に所属する上松から手紙を受け取って首を傾《かし》げた。

「なんだい。近所のくせに手紙なんて書いて」

彼は呟《つぶや》き、あくびをしながら手紙を読んだ。

先日、芽野史郎は芹名雄一《ゆういち》などの詭弁論部に所属する仲間たちと共に鮨《すし》詰め鍋《なべ》パーティを開催したばかりで、手紙を書いてきた上松という人物もその参加予定者であった。しかし彼は男の約束をすっぽかし、ついにパーティには現れなかった。パーティ当日、彼らは不在の上松氏に対して「詭弁論部員の風上にも置けぬ」「腑《ふ》抜け」「天然パーマ」等と怒りの言葉を吐きながら真夏のキムチ鍋をがつがつ食い、あまりの暑さに倒れ伏した。

さて、手紙を読んでみても、上松が何のことを書いているのか、芽野には分からなかった。そもそも「四畳半統括委員会」とは何か。彼はそんな委員会を知らなかった。上松が手紙に書いているほど恐ろしい力を持った委員会であるならば、いくら情報化されていない芽野であっても、耳にしたことがあるはずである。

起き出したのが昼過ぎであったので、手紙の内容に思いをめぐらせているうちに、太陽の光にまるで夕暮れのような色が混じってきた。芽野はブリーフ一丁という、ほぼすべてをさらけ出した姿のまま、手紙を握っている。汗で紙はしわくちゃになっている。

このままでは謎《なぞ》めいた手紙について思いを巡らしているうちに日が暮れてしまう。

彼は焦《あせ》って服を着た。

そして叡山電鉄の線路沿いに自転車を走らせ、途中でふと思いつき、進路を変えて北白川の方角へ走って行った。白川通と御蔭通《みかげどおり》が交わる交差点に小さな喫茶店があって、そこでしばしば友人の芹名が無目的な勉強に励んでいるからである。

「芹名なら何か分かるだろ」

彼は「考えること」を芹名に丸投げすることがよくあった。

はたして、冷房のきいた薄暗い喫茶店の中に入ると、芹名雄一がいつもの席に陣取っていた。テーブルにはブロック塀の材料に使えそうな巨大な洋書が置いてある。そんなに勉強するとかえって阿呆になるのではないか、と芽野はつねづね思っている。

芽野は芹名の向かいに座った。芹名は小さな付箋《ふせん》がおびただしく貼られたノートから顔を上げ、「なんだ？」と言った。

「朝飯」

「今から？」

芽野は力強く頷《うなず》き、ピラフを頼んだ。

彼は上松からの手紙を取り出し、芹名の読みふけっているノートの上に投げた。芹名はやや不愉快そうな顔をした。

「読んでみてくれ」

芹名は手紙をちらりと見やり、「なるほど！」と呟いた。彼はページ一枚分ほどであれば、一瞬で読むことができるほどの呆《あき》れた速読の技術を身につけているのだ。

「上松は何のことを言ってるんだ？」

「四畳半統括委員会だろ」

芹名はそう言ってノートを閉じ、眼鏡を光らせた。

「何か知ってるのか？」と芽野はピラフをがつがつ食べながら言った。

「知ってるも知ってないも」

「どっちなんだ？」

「俺が作った組織だ」

芹名はそんなことを言って平然としている。

芽野はいささか呆れてピラフを食べるのをやめた。芹名の顔を見ても本当かどうか分からない。この人物は真実を語るときもでたらめを語るときもつねに同じ表情をしているからだ。

「いつの間にそんな阿呆な組織を作った？」

「作ったと言っても名前だけだ」

そして芹名は説明した。

「一回生の頃に文化人類学のゼミにいてね。自分で作った架空の組織で、どれぐらい大勢の人に影響を与えられるのかという実験をしたのだ。『四畳半統括委員会』だけじゃない。他にも色々作ってみたもんだよ。でもどういうわけか、不気味に暗躍する謎の組織、という噂《うわさ》のほうが上手に広まった。そのフィールドワークはゼミでもそれなりに認められて、有意義な成果が出た。そんな組織が本当にあるようにみんな噂している」

「なんだよ。それじゃ、上松はでたらめを書いてるわけだ？」

「そりゃそうだ。そんな組織はない。俺が名前をつけたんだから。いったい誰が追ってくる？　どんな陰謀があるというんだ？　おそらく上松は鮨詰め鍋パーティに出たくなかったんだろ。言い訳だね」

「そうか、ならいいや」

芽野はピラフの残りをすべて食べ、珈琲《コーヒー》を頼んだ。

「上松に次に会ったときは、精神的に粉砕してやらなくてはならぬ」と彼は呟いた。

「粉々にしてやろう。我々との約束をすっぽかして、そのうえ見え透いたウソをつくなんて」

「その通りだ」

芹名は呟き、勉強に戻った。

「豆太郎通信」に掲載されたインタビュー記事より引用

私の名前を明かすことはできません。

そういう約束だからインタビューを引き受けたのです。もし私について、何か特定できるような記事をあなたたちが書いた場合、非常に危険なことになります。私はすでに引退した人間ですが、四畳半統括委員会は必ず私とあなたたち編集部の人たちを地球の果てまで追い詰めることでしょう。

なぜ彼らはそんなことをするのか？

もちろん私が彼らの秘密を握っているからです。

私は四畳半統括委員会の委員を一年間務めた人間です。その委員会の詳しい活動内容については、いろいろと差し障《さわ》りがあるので言えませんが、恐ろしい組織であったということだけは言えます。委員だからと言って、あの委員会の全貌《ぜんぼう》を把握できているわけではありません。委員長が誰なのか、どこにいるのか、それさえも委員たちにはよく分からないのです。敢《あ》えて言うならば、四畳半統括委員会というのはあちこちの四畳半に散らばった委員たちによって形作られる不気味な生き物なのです。その巨大な生き物は、四畳半王国というタマゴをあちこちに産む。それが世界の四畳半化につながるというわけ。彼らのスローガンはもちろんご存じですよね？「世界を四畳半化する」。

きわめてシンプル、かつ深遠な目標です。

ええ。ええ。

ペコちゃんの憂鬱《ゆううつ》、ね。

そういう儀式は現実に存在していました。あれはきわめて不愉快なものです。口に出すのも恐ろしい。なぜ行わなければならないのか？　それを言えば、「もんどりダンス」だって同じでしょう。なぜ必要なのか。そんなことを一介の委員が知るものですか。それらの儀式の詳細にしたって、私から聞き出せると思ったら大間違いですよ。いくら私でも、それをあなた方に教えるつもりはないんです。阿呆神《あほうしん》に関係があるとだけ申し上げましょう。

インタビューの意味がない？

何を言っているんですか。私だって危険を冒して話してる。これでも精一杯なのです。もし私の身に危険が及んだ場合、あなた方は助けてくれます？　くれないでしょ？　だからこれは完全に私にとっては無償の行為、慈善活動みたいなものなんです。

四畳半手帳？

もちろん持っていますよ。でも今ここにはない。お見せすることはできません。彼らはこれを取り返そうとするに決まっていますからね。言うなれば私はすでに彼らと対立関係にあるわけですから。あれは委員たちにとってはただの手帳というだけではない。聖書みたいなものだ。神聖なるもの。珍しい正方形の手帳で、表紙に四畳半が描かれていて、水玉ブリーフの刻印があって……。

証拠が欲しい？

あなた方は私を信用していないんですか？

なんで私が証拠を出さないといけないんですか。危険を冒してインタビューに応じてるのに。

失敬だな。

私が喋《しゃべ》っていることは誓って真実なんです。あの組織は現実に存在した。陰謀も存在した。私は委員だったんだから。あと少しで委員長と接触するところまでいったんだから。阿呆神を祀《まつ》る祠《ほこら》にお参りしたこともある。我々は阿呆神を奉じる人々ですからね。

でも私は委員としての活動に失敗した。彼らは報復に私の四畳半を占拠した。今の私は友人の家を転々としているんです。今、私の四畳半は彼らの目的のために活用されている。

説得力がない？

分かりました。そういう態度なんですね。相手を怒らせて何か言葉を引っ張り出そうなんて、甘い魂胆ですよ。見え透いてます。私を誰だと思っているんですか。

私がお話しできるのはここまでです。それじゃ失礼しますよ。

あ、一つだけ教えておいてあげましょう。世界の四畳半化は着実に進行しています。あなたたちは何も知らないでのうのうと暮らしているけれど、彼らの計画はもうその九割方が完成しているのです。本当に気がついたときにはもう終わりです。世界が完全に四畳半化されたとき、降臨する阿呆神があなたたちを焼き払うことになるでしょう。

世界は阿呆神が支配する。

さようなら。

三浦さんと鈴木君の会話

「はい。三浦です」

「ああ、三浦さん。鈴木です」

「はあ、スズキさん？　スズキさんってどこのどなたかしらん？」

「ごめんよ」

「どこの誰だか分からない人に謝られても気持ち悪いだけだわ。まずあなたがどこの誰なのか説明してくれないと、私には何も分かりません」

「やっぱり怒ってます？」

「まず自分が誰なのか説明してってお願いしてるんですけど」

「分かりました。僕は鈴木です。三浦さんの研究室の友人です」

「おかしいなあ。私に友人なんていたのかしらん？　だって今日は私、映画を見に行くはずだったんですけど、そして三条大橋の高山彦九郎《たかやまひこくろう》が土下座している像の前でじっと我慢の子でいたんですけど、どうやら一人の男性も現れなかったんですもの。だとすると私にはいっしょに映画に行ってくれる人なんかいないっていうことになるのではないですか？」

「あんまりそう厳しいことを言わないでよ。謝るから」

「まあ、いちおうあなたが鈴木君であることは認めてあげる。それで、あなたは私の友人的な役割を担《にな》っている人なわけですね？」

「そうです」

「じゃあ、説明してくれませんか？　今日、なぜカワイイ私は土下座像の前で延々と待たされて、そのうえに一人で映画を見て、一人でご飯を食べて帰ってこなくてはならなかったのか」

「つまり……その……」

「寝坊でもしたの？　私、どれだけ電話したか気づいてる？　どうせ気づいてないんでしょ」

「気づいてたよ、もちろん！」

「へえ！　気づいてたの？　じゃあ気づいていたのに無視したの？　私はどれだけ嫌われているの？　なによそれ！　哀《かな》しみが底知れないわ！」

「それはじつは、あのね、秘密の任務が」

「秘密の任務？　なにそれ？　鈴木君は某国のスパイなの？　００７気取りです

か？」

「つまりね。告白すると、じつは僕は秘密の組織に所属していて、いろいろな活動をしてる。詳しいことは言えないんだけど、それがすごく危険で重要な任務なんだ」

「何のこっちゃ」

「詳しく説明すると三浦さんに危険が及ぶんだ。これは君のためなんだ。今日急にその組織の大事な任務が入って、どうしても行くことができなかった。僕は断じて寝坊したりとか、そんなことで約束をすっぽかしたわけじゃないんだよ。その組織の任務をきちんと果たさないと、それはもう恐ろしいことになるんだ。だから……」

「組織組織って、その組織は何なの？　何が目的の組織なの？」

「それは言えない」

「言えないの。はい分かりました。さようなら。あなたの実験用サンプルに残らず雑菌入れてやるから」

「……分かってくれよ。でも少しだけなら。その組織の名前は『四畳半統括委員会』と言うんだ」

「なんだか聞いたことある」

「聞いたことあるだろ？　大学にいる人間はたいてい知ってる」

「なんだかくだらなそうな組織だったよ。あんな組織のことをあれこれ喋ってるのは阿呆だけよ」

「そんなことないよ。阿呆じゃない人だって喋る」

「あなたはそんな組織に所属してるの？」

「それはまあ、そうなんだ。でもそれなりに良い仕事をしてるんだよ」

「それで、その任務は無事に終わったわけ？」

「終わったよ。それはもうたいへんな任務だった。本当に007みたいだった」

「つまらん！」

「え!?」

「つまらん！　ウソをつくなら、もう少し藝《げい》のあるウソをつけば？　それじゃあ私はこれで電話を切ります。あなたは何を言っても無駄。四畳半の隅っこをずっとぐるぐる回っていればいいじゃない？　それで阿呆神様とあぶあぶ交信してればいいわ。それで幸せになれるものならね」

「待ってよ、三浦さん」

「それじゃ切るから。サヨナラ鈴木君。アディオス。アデュー。グッド・バイ」

グッド・バイ

こんにちは。すっかり寝過ごしてしまったね。

いやあ、なんという空だ。阿呆《あほう》みたいに青いな。しかも寒い。超寒い。歩いている人が皆アルカイックなスマイルだ。顔の皮膚がつっぱらかるんだな。見てごらんよ。大文字山が見るからに寒そう。一昨年の真冬に登ったことがあるけど、凍え死ぬかと思った。あそこは吹きっさらしだからねえ。

寒いし、歩きながら話そう。

ここを上っていったら銀閣寺の門前だ。お土産物屋がたくさん並んでる。三浦さんというステキに毒舌でぐうたらな女の子が働いているから、まずは彼女にご挨拶《あいさつ》だ。人間関係研究会の仲間でね。その気怠《けだる》く開いた口から噴出する虚無的な毒舌は、つねに俺を魅了したもんだよ。

まずは彼女にサヨナラを言おう。

今日これから俺が片付けるサヨナラたちの第一歩。もう午後二時だ。時間がない。だから本当に大事な人だけを選ぶことにしよう。ついてくれば、俺がいかに愛されているかということが君にも分かる。俺という人物は、それはもう皆に愛されてるんだよ。ウソじゃないってば。

ところで、君、知ってる？

阿呆神があくびをすると、京都の空はこんなふうに底が抜けたみたいに晴れるそうだ。底冷えする冬になると、阿呆神は四畳半の万年床から出られなくなる。しょっちゅうごろごろしてあくびばかりする。だから冬には晴れの日が多いわけだ。……と、知り合いのマンドリン弾きが言ってた。

阿呆神は何処《いずこ》におわすか？

我々の皺《しわ》深き脳の谷間だ。市内に棲息《せいそく》する幾万人もの阿呆学生たちの脳の谷間にはきわめて閉鎖的な四畳半があって、そこに阿呆神がおられる。籠城《ろうじょう》しておられる。そのまま出てこなければいいんだけどな。彼が活躍するほど、哀れな子羊たちは人生に迷う。阿呆神の恐ろしさを知れ。彼が一つ屁《へ》をすると、我々の脳細胞が百個消えるらしい。気をつけた方がいいよ。あはは。

さて。ついたついた。

あそこの店だよ。招き猫の隣で人目も憚《はばか》らずにあくびしてる女の子がいるだろ？あれが三浦さんだ。暇さえあれば「バカンス」と称してぐうたらしている。彼女のそういうところが俺は好きだね。人間はね、ちょっと怠け者なところがあると断然可愛《かわい》くなるな。怠け者過ぎたら手に負えないけど。

唐突だけど言わせてもらう。俺は彼女との関係を「友人以上恋人未満」と表現したい。異論は却下する。俺の辞書に異論という言葉はないんだ。繰り返してごらんよ「友人以上恋人未満」。ステキ過ぎて鼻血が出るね。俺は高校時代まで、そんな繊細極まる人間関係がこの宇宙に存在するとは思わなかったよ。じつにステキな響きじゃないか。

恋人じゃないよ、もちろん。だから「未満」と言ったろ。

しかしだね、少なくとも俺の中では恋人も恋人未満も紙一重よ。つまりこれは形式の問題ではなくて、純粋に心の問題だから。分かるだろ？

俺も人間関係研究会にこの人ありと言われた男だ。そういった繊細な関係にさりげなくもつれこむなんていうのは朝飯前なんだ。でも俺はこの心理学を悪用しない。なぜなら紳士だから。

君は猜疑心《さいぎしん》が強いな。なんで俺を信じないの？

では、三浦さんにサヨナラを言いに行こう。

○

じゃあ、次に行こうか。

なんだって？ いや、それは君の勘違いだ。

べつに俺は三浦さんに叱《しか》られてたわけじゃない。表面上はそういうふうに見えたかもしれないし、多少彼女も素っ気なかったけどさ。そんなのはいつものことなんだ。むしろ彼女そのものなんだ。彼女とは、肉体化された「素っ気なさ」なんだからね。彼女は俺に限らず、万物に対して素っ気ない。でもね、そういう相手のほうが、いざ心が摑《つか》めたときにグッと嬉《うれ》しくなるもんなんだよ。

分かるかなあ。

強い人間はより強い敵を求める。それぐらいへそ曲がりな相手でなくちゃ、俺は攻略する気になれないね。俺がいかにして彼女の心を摑んだかってことを細かく語ると日が暮れちゃうからやめとくけどもね。

サヨナラにしてはあっさりしてた？

君は本当に人を気遣うということができないんだな。状況を考えてごらんよ。彼女はあそこの土産物屋さんでアルバイト中なんだ。銀閣寺キーホルダーみたいな風情《ふぜい》があるのかないのか分からないものを、右も左も分からない観光客に売りつけるニヒルな商売に従事している最中なんだよ。俺があんまり長々と話し込んだら迷惑がかかるだろ。だからあっさりと切り上げたんだよ。

紳士っていうのは、そういう気配りができる者をいうのだ。

君には分からなかったかもしれないけど、彼女はシャイな人だ。あの素っ気なさは照れ隠しなんだ。俺が京都を去るということを聞いて息を呑《の》んでたね。心なしか顔も青ざめていたよ。青ざめてたってば！　君は肝心のところを見てないんだから呆《あき》れる。君みたいな人は、俺の書いた「人心掌握マニュアル」を読むべきだね。人間関係研究会史上不朽の論考と言われているんだぞ。

彼女、相当ショックだったんだろうな。可哀想《かわいそう》なことをしたなあ。でも彼女は誇りある人だから、アルバイト中に取り乱すことなんてない。そういう人なんだ。

分かるかい？

だから俺はあえて、彼女がアルバイトをしている時を選んで、サヨナラを言うことにしたんだよ。涙のこぼれる状況に彼女を追いやるなんてことは、紳士としてじつに耐え難いことだからね。

やさしいな。俺はなんてやさしいんだろうな。気配りの男だなあ！

まあ、ちょっと歩こうよ。

北白川別当《きたしらかわべっとう》の交差点まで行こう。あそこの角に喫茶店があってさ。たぶん芽野と芹名という連中がぐうたらしてるはずなんだ。俺が一時期詭弁論部《きべんろんぶ》というところに在籍していたとき、世話になった連中だよ。彼らにもサヨナラしなくちゃな。しかし寒いなあ。寒すぎるよ、これは。

君はそんなマフラーをどこで見つけてきた？

え、まじで？　彼女のプレゼント？

ふふん。いいもんだね。彼女のプレゼントのマフラーというものはいいものだ。でも荒縄で首を縛られている人みたいに見えるね。西部劇とかで馬に乗った荒くれ者に引きずられたあとに命からがら逃げ出してきた人みたいだ。君の彼女もずいぶん荒涼としたプレゼントをくれるもんだな。それとも身につける人が悪いのかな。その『レ・ミゼラブル』に出てくる少年ガヴローシュみたいな帽子はどうしたの？　それもプレゼント？　ふーん。似合っているか似合っていないかと問われれば、似合っていない部類に入るかもしれんね。

あ、またふてくされる。その顔はよせ。まるで妖怪《ようかい》みたいに見えるじゃないか。大気が冷たくて、光が澄んでいるだろ？　だから君の頰が林檎《りんご》のようにツヤツヤ光る。こんなに不気味なことがあるだろうか。靴磨き用のクリームでも塗っているのか？　君は頰をプッとふくらますけれど、それでカワイイと思っているんなら、考えをあらためたほうがいい。無駄な演出だよ。むしろ他人を遠ざける。

いや、わかったよ、わかったから、その不気味なほっぺたを押しつけてくるな。

一般市民にカップルと思われたら困る。道行く美女が誤解して、俺に積極的にアプローチすることを諦《あきら》めたら、どうする。可哀想じゃないか。まったくのところ、俺ほど愛すべき人間はいないからなあ！

ほら、ついた。この喫茶店だよ。

あそこの窓辺の席に学生たちが座ってるだろ。今日は鈴木もいるな。彼はね、さっき挨拶した三浦さんと同じ研究室に所属してるんだ。うらやましいやつ。そうして彼女に惚《ほ》れている。俺の眼力はごまかせない。でも鈴木に彼女は籠絡できないね。俺と違って彼は乙女心を知らないから。そういうわけで、彼は三浦さんの奴隷《どれい》的境遇に甘んじてるんだ。可哀想な子だよ、本当に。眼鏡をかけてガリガリ勉強してるのが芹名だ。どうせラテン語で『プリンキピア』とか読んでんだろ、阿呆だから。知性を無駄遣いすることにしか喜びを見いだせない見上げたやつなんだ。で、その向かいで奈良の仏像みたいに白目を剝《む》いているのが芽野だよ。あれは寝てるのかな？ 寝てないのかな？ 相変わらず紛らわしいやつ。彼はときどき、ああいうふうにして人間として生半可な状態に陥る癖がある。俺が詭弁論部にいた頃から、ちっとも変わらん。芽野と芹名は俺が見出《みいだ》して育てた逸材だ。大した後輩だよ。

彼らともサヨナラをしなくちゃ。

ちゃんと見ておくように。

ちょっと珈琲《コーヒー》でも飲んであったまろう。そしてさりげなく気づいた感じで、スッと彼らのテーブルに近づいてサヨナラを言えばいい。

さあ、珈琲二つ頼んで。飲んで飲んで。ほらほら。

じゃあ、彼らにサヨナラを言いに行こう。

○

じゃ、そろそろ次に行こうか。もう四時半だ。

え？ 彼らも素っ気なかった？

何を言っているんだ。それが男の友情のかたちじゃないか。お別れの段になって、メソメソ泣いて愁嘆場《しゅうたんば》を演じるなんて願い下げだよ。第一、彼らは泣く子も黙る「詭弁論部」の連中なんだからね。甘ったるい「感傷」なんてものは詭弁の煙幕の向こうに隠して四年間を生き通すと誓いを立てた剛の者なんだ。舐《な》めんな。去る者は追わず。涙は見せぬ。そして友情は続く。それでいいじゃないか。

なんで君はそういう根本的なところを疑うのかな？

友情があったかどうかになんて疑問の余地なし。

我々は入学したときからの付き合いなんだから。途中で俺は詭弁論部を見限って、人間関係研究会に移ったけど、それで彼らとの友情に罅《ひび》が入ったりはしなかった。優れた人間は組織にとらわれない。

君だってそうだろ？　いろいろ、多角的に活動してるんだろう？

詭弁を弄《ろう》する人間は薄情だなんて、人間理解の底が浅いと言うしかないね。

我々の詭弁っていうのは、そんなもんじゃないんだ。上《うわ》っ面《つら》の詐《さ》欺《ぎ》的技術じゃないんだ。詭弁論部員はつねに真実を語る。でも正真正銘の真実というやつは、世間一般の常識とは逆さまになっちゃうものなのだ。ゆえに詭弁のように見られる。彼らは詭弁を弄する技術を会得《えとく》して就職活動を有利にしようとか、女性を騙《だま》くらかして詭弁的に破廉恥《はれんち》なことをしようとか、そんなことは露ほども考えてない。彼らは真実を語る男たちなのだ。彼らは正直なんだ。それほど正直で純情な彼らが、友情をないがしろにするなんてこと、あるわけないじゃないか。

我々は真冬の大文字山に登って遭難しかけたし、桃色映像をダウンロードしすぎたパソコンを自然発火させてともに涙した仲間なんだ。ボンレスハムみたいに友情でがんじがらめさ。

まあ、たしかにね、君の言うことも一理あるよ。

ちょっとサヨナラがアッサリしてるな！という気はする。

それは認めるよ。せめてもう少し「マジかよ！」とかね、「京都を出ていってどうするの？」とかね、そういう愛すべき穿鑿《せんさく》をしてくれてもいいな！とか、俺も思わないでもないんだ。せっかくこちらとしても色々と下準備をして、何を聞かれても明確に答えられるようにしてきたのにな。この日のために一ヶ月以上、準備してきたんだから。

でも何も聞かれなかったね。「じゃあな」「頑張れよ」ってなもんさ。

これはきっとあれだよ、「ハニカミ」のせいだよ。我々にはハニカミという強敵がある。それが問題なんだ。ストレートなコミュニケーションを阻《はば》むんだ。たしかにハニカミは乙女のアクセサリーさ。でも二十歳《はたち》を超えた男たちのむさ苦しいハニカミなんか、犬も喰わんからねえ。

みんな素直じゃないんだよ。愛情の表現が屈折してるわけ。三浦さんからしてそうだな。いちいち俺が先回りして彼女の気持ちを忖度《そんたく》してあげなくてはいけない。みんなややこしい人たちなんだ。もっとおおいに、俺に対する愛情を表現してくれてもいいのにな。皆、俺のことが大好きなくせに！

次は東鞍馬口通まで行くよ。

そこで折れて、疏水《そすい》と交差する地点まで行くんだ。

ああ、俺がもし本当に京都を去るんだとしたら、こういう道ばたの自動販売機ですら懐《なつ》かしく思えるんだろう。変なカレー屋の看板とかも。きっと淋《さび》しいだろうな。そのあたりの淋しさというものを、芹名や芽野は友人として、もっと聞き出そうとして然《しか》るべきだな。いや、彼らも聞きたいと思いながら、「俺たちの友情に愁嘆場は似合わない」とか思って、グッと堪《こら》えていたに違いないよ。全くいじらしい。こういうときはちょっと素直になってくれても俺は文句を言わないけど。

さて、到着した。このマンションだ。

ここには初音さんという人が住んでいる。何者かというと、映画サークル「みそぎ」というところで自主制作映画を撮ってる人だ。学園祭で見に行ったんだけど、そのときに上映されていたのが彼女の映画だった。あんまり凄《すご》い映画だったから、上映後に喋《しゃべ》っているうちに仲良くなったわけね。まあ、ああいう人は自分の作品に誇りを持っているもんだ。誇りっていうのは、裏返せば弱点だからね。スイッチを押せば、ピコンと反応する。すぐに友達になれる。

彼女の映画？

いや、凄い映画なんだよ。あれほどに眠気を誘う映画は見たことがない。何遍挑んだって最後まで起きていられないんだから。観客が残らずノックアウトされて死屍《しし》累々《るいるい》だった。

いずれヒーロー物が作りたいと言ってたけど、制作は進んでるかな？『大日本凡《ぼん》人會《じんかい》』っていうタイトルにするんだって。タイトルからして変わってるよな。なんだよ、凡人會って。非凡極まるね。

じゃあ彼女にサヨナラを言いに行こう。

○

よし終わった。

次は農学部グラウンドの隣を通って、附属植物園の裏まで行く。

いやあ寒いな。日が射《さ》さないから。いかにもサヨナラの日に似つかわしい天気だ。

面会が短かった？　そりゃしょうがないよ。初音さんは映画に夢中になると深夜までずうっと起きて構想を練ったり、編集したりしている人だからね。疲れてるみたいだったから遠慮したんだ。ずるずる居座って彼女に同情の言葉を無理強いしたりするのは俺の趣味に合わない。第一、彼女はそんなセンチメンタルな人じゃないしね。

冷たくあしらわれた？

馬鹿《ばか》な。どこが。

彼女は彼女なりに俺が京都を去ることを哀《かな》しんでくれていたよ。それをあからさまに外に出さない。そういう人なんだ。自分には俺を引き留める資格はないっていうことをちゃんと分かってる。その慎《つつ》ましさがステキだと思わない？　そういう慎ましさこそが日本人の美徳だと俺は思うね。じつにステキだ。それに、あの大きな目と言ったら。あの潤《うる》んだ目がすべてを語るね。目は口ほどに物を言う。

寝起きで潤んでただけ？　あくびしてた？

そんなわけあるかい。

彼女が引き留めてくれるんだったら、俺も考えるけれどもなあ。「行かないで」と言葉に出して引き留めてくれないと、困っちゃうよね。こちらで勝手に彼女の気持ちを忖度して、引き留められてあげるわけにもいかないしさ。まあ、これはムズカシイところだよ。

そりゃ、彼女が引き留めてくれたら、嬉しかったと思うよ。俺は三浦さんも好きだけれど、初音さんも好きだな。浮気なわけではないよ。第一、世間一般で言う意味で我々は男女の関係ではないのだから。俺は自由だ。独身貴族だ。全世界の女性すべてがお嫁さん候補だ。でもまあ、彼女たちが俺のことを憎からず思っていることだけは確実に分かる。これは間違いがない。俺に対する好意がまるで後光のように輝いている。なんで分かるかというと、俺は人間観察ができてるからね。彼女たちの鼻と唇と目と眉毛《まゆげ》の動きを見れば一目瞭然《りょうぜん》なのだ。こういう細かな技術については、俺の書いた「人心掌握マニュアル」を読めば分かる。読まないと人生損するぜ。

さて、そこの路地を横に入るんだ。

この坂道を下っていくと、理学部植物園の塀裏に出る。竹がわさわさ生えてるのが覗《のぞ》いてるだろ？　俺の知り合いの先輩はこの竹を研究材料にしてたよ。元気にしてるのかな。

この古いアパートだ。植物園が見下ろせるから、なかなかいい穴場なんだよ。ここにマンドリン辻説法《つじせっぽう》の達人が住んでる。

丹波という男だ。

君も噂《うわさ》には聞いたことがあるかな。俺も何度かお世話になった。マンドリンを弾きながら人生を語り、四畳半をさまよう迷える子羊たちを不毛の大地へ導いた似非《えせ》救世主というもっぱらの噂だ。でも俺は彼が好きなんだな。ずいぶん心の迷いを晴らしてもらったと思う。

ここが玄関だ。臭いね。じつにへんてこな匂《にお》いがする。たぶんあれだな、ここに置いてあるクツたちが発酵しているんだろうな。ジュースを入れておいたら酒ができるんじゃなかろうか。死んでも飲まないけど。

じゃあ彼のマンドリンを聴きに行こうか。あれは一度聴いてみるべきだよ。

○

もう日が暮れる。

出町商店街まで行かなくちゃ。けっこう遠いから急ごう。

そうだね。ここもずいぶんカンタンに片付いた。丹波は四畳半の中に座って、まるで阿呆神《あほうしん》が憑依《ひょうい》したみたいな阿呆な顔をしていたね。俺が京都から出るという話をしたら、「ポロン」とマンドリンを一回鳴らした。それで終わりだったからね。

分かってないなあ。

丹波のその「ポロン」にどれだけの思いが込められているか。彼はこう言おうとしたんだよ。

「京都を出て行くおまえのことを俺は尊敬するよ。けど俺は愁嘆場を演じるような人間ではないし、またおまえの門出を汚い涙で濡《ぬ》らしたくない。だからここでマンドリンを弾き続けよう。いつの日か、おまえがひとかどの人間になって京都に戻ってきたとき、俺はマンドリンを高らかにかき鳴らしておまえの凱旋《がいせん》を祝うだろう。来《きた》るべきその日のために、俺はこの険しいマンドリン道を究めておこう。さらば友よ」

君はおそらく分からなかったろうけど、俺には分かった。それが友情というものだからね。

彼はマンドリンの音色に乗せて心を伝える人なんだよ。彼は阿呆学生たちに人生の道を説いてきたけれど、それに耳を傾けていた学生たちのうち、どれだけの人間が彼のマンドリンの響きから伝わるメッセージに気づいたのだろう。彼のマンドリンは彼の語りと同じぐらい重要だ。「四畳半をさまよう迷える子羊たちを不毛の大地へ導いた」なんて、彼のマンドリン語を理解できない愚物《ぐぶつ》の恨み言さ。彼のマンドリンは阿呆神の住む四畳半に通じてるなんて言って馬鹿にしていた人間もいたんだぜ。情けない。

俺の思い込み？

そんなことは絶対にない。俺には分かる。彼が「ポロン」と弾いたマンドリンが、いかに多くのことを語っているか。彼のマンドリンは実に雄弁だ。あのマンドリンの音色には俺たちがともに過ごした三年のあれこれが詰め込まれていたよ。その三年がすでに過去のものになったという哀しみと、それでもその哀しみを乗り越えていかねばならないという決意と。

彼はすごいマンドリン使いになったもんだなあ。

ほら、そこを曲がったら出町商店街だよ。久しぶりに来たな。鴨川を渡る機会は、あんまりないからね。なんで学生というのは自分のテリトリーの中に籠《こ》もってしまうんだろうな。

じつにいいな。俺は商店街が好きなんだ。夕方にこうしてぶらぶら歩いてさ、それで玉子焼きとか、ちょっとしたオカズを買って、家で米を炊《た》いて食べる。そういうのはいいね。生きているという感じがする。

それで誰にサヨナラを言うかというと、楓さんという女性でね。

また女性？

俺の女性遍歴を舐めちゃいけない。もっとも、三浦さんとも初音さんとも楓さんとも、きわめて純粋な関係だけれどね。俺は紳士だからさ。「心の中ではプレイボーイじゃないか」という批判は受け入れるよ。でも考えてもみてよ。俺がその気になれば、心理学的技術を悪用して、いくらでも彼女たちを籠絡《ろうらく》できた。しかし俺はそれをしなかった。じつに紳士だ。

見ろ、油揚げ売ってる！

油揚げを焼いて醬油《しょうゆ》をかけて食べるのが好きだな。たしか、楓さんと三浦さんと一緒に酒を呑《の》んだときも、そうやって油揚げに醬油を垂らしてバリバリ食べた。彼女はそういう俺の生活者としてのワイルドさに魅力を感じたのかもしれないね。感じてないかもしれないけど。

彼女は人間関係研究会の後輩だ。

面白い人でね。ずいぶんお金持ちのお嬢様らしくって、とにかく恥ずかしがり屋さ。最初は三浦さんの陰に隠れて口をきくこともできなかったんだから。そのむつかしいチエノワ・オブ・コミュニケーションを解くのが俺の喜びであり生き甲斐《がい》。彼女に挨《あい》拶《さつ》してもらえるまでに丸一年かかったからなあ。

なんだって？

避けられてたとか、そんなのとは違うよ。違うとも。

彼女も面白い人なんだ。一見、のんびりしておしとやかな人に見える。でも本当は恐怖映画が大好きで、血みどろの映画を観《み》ると胸躍る人なんだ。これはたいへんな人物だ。古今東西の連続殺人事件とかにも詳しいしね。あんまりつっこむと恐ろしいことになりそうだよ。でもそういうギャップというか、意外性が男のハートを鷲掴《わしづか》みにするもので……。

ああ、そこの路地を北に入ったところだよ。そこのアパートに……。

あれ、あそこにいるのは彼女じゃないかな？　買い物でも行くのかな？

おおい！　楓さん！

あれ、なんで逃げるんだ？　誰かに追われているのかな？　君、後ろに誰かいるか？　誰もいない？　じゃあ、なんで彼女は逃げたんだ？　まるで俺たちを見て逃げたみたいだ。

君は彼女と個人的にトラブルがあった？

違うよ。なんてこと言うんだ。俺が彼女に嫌われているはずないよ。我々はステキに良好な関係を築いてきた。彼女の書いた悪魔的な詩を読んであげたし、血みどろ映画もいっしょに観た。だいたい、顔を見ただけで彼女が逃げ出すようなひどいことを俺がするはずないじゃないか。

……それにしてもおかしいな。いささか傷つくね。

これはさすがの俺も傷つくのにやぶさかではないね。

○

まあ、とりあえず一杯やろう。

なんというか、充実した一日だったね。たしかに最後の楓さんに挨拶できなかったのは残念ではある。でもたいていの人に挨拶はできたからね。

それにしてもこの飲み屋はへんてこだね。古い宿屋を改築したって？

出町商店街の北にこんなところがあるとは、俺は知らなかったなあ。よく知ってたね。表から奥に延びる石畳の一本道とか、ランプの光に艶々《つやつや》する階段とかね。石灯籠のある小さな庭とか。夢幻的だ。古風で夢幻的だ。こんな馴染《なじ》みのない古い飲み屋で君と二人っきりっていうのも面白いな。

平凡な人間であればね、どうせ大学のそばにある馴染みの店で馴染みの仲間に囲まれて賑《にぎ》やかに送別会なんかやるんだろ？

でも俺は君と二人で淋しく。

いや、淋しくはない。間違えた。淋しくない。

でもさ、なんでこの居酒屋はあちこち歪《ゆが》んでるのかね？　古いのは分かるけど。天井が斜めになってるだろう。そこの欄間《らんま》もかしいでる。畳はぐにゃぐにゃ。そこの隅にある小さい扉、歪みすぎて平行四辺形になってるだろ。その扉は開くの？

押してみな？　もっとグッとさ。開かない？

なんだかな。地震が来たら一発で崩壊しそうだね。

俺のサヨナラ遍歴に付き添ってみて、どうだった？　俺がいかに愛されているか、分かった？　人間関係研究会の底力を実感できた？　たしかに君には、俺と彼らのやりとりが素っ気なく見えたかもしれない。でもいずれ君にも分かる日が来る。人情というか、我々の独特な愛情表現というか、そういうものが。

たしかにもっと露骨に表現したほうが分かりやすいという君の意見は認めよう。俺だって、「皆もうちょっと熱く愛情を表現してくれたらな」と思うよ。たとえ熱く抱擁されたとしても、俺はちっとも怒らないしね。ちっとも！　むしろ、まるで騙《だま》し討ちみたいに突然俺の送別会を開いてくれたとしても、いくらでも受け入れる用意があるよ。ちゃんと一ヶ月以上前から「俺が大学を去る」っていう噂を流しておいたのになあ。

遠慮しなくてもいいのにな。何を照れてるんだヨ！

それが我々のムズカシイところなんだ。みんな恥ずかしがり屋さんなのさ。

思うんだけど、このどうしようもなく素晴らしい俺に対して愛情を表現することは、本当は恥ずかしくないはず。人間として正しいことだよ。俺は大勢の人の愛情を一身に受けることには成功したけれど、彼らにその愛情を表現させるまでにはいかなかったわけかな。技術的にムリだったということか。でも、世の中というのは技術だけじゃない。これは心の問題だから。心の中に残ればいいんだから。永遠にさ。

俺、彼らの心の中に残ってると思う？

いや、不安なわけじゃないけどさ。うん。不安じゃない。大丈夫。

まあ呑もうぜ。

これから十年ぐらいしたら、俺は『効率良く人に好かれる方法』という本を書くよ。そうして大儲《おおもう》けする。世の中の人というのは、みんな他人に好かれたがってるんだから、きっと俺がそういう本を書けば売れると思うんだ。そのときは、こうして君を連れて友人たちにサヨナラを言って回ったことをちゃんと書くよ。恥ずかしがり屋な友人たちは俺に愛情を表現してくれなかったけれど、しかしそこにはちゃんとしみじみとした魂の交流があったということを、書くよ。

なにしろ俺は人に好かれてるから。人気者だからなあ。愛嬌《あいきょう》があるんだな。

呑む呑む。

俺は仮説を立てたよ。そうなんだ。俺はこれだけ愛されているんだからさ、送別会的なものがあってしかるべきなんだ。そうとも。君だってそう思うだろ？　実はみんなでお別れパーティを計画しているのかもしれない。そしてその事実を俺に悟らせないために、わざと冷たくあしらったのかもしれない。いや、べつに冷たくあしらわれたわけじゃないけど。でもちょっとアッサリしすぎてたよね。いくら彼らがはにかんでいると言ってもさ、あそこまでアッサリしてるのは理屈に合わないと俺は思うね。そう。うん。思うね。断じて思う。

これはいよいよ、お別れパーティの可能性が濃厚だぞ。

そういう時って、どんな顔をすればいいかな。めそめそ泣くのは良くないよね。

まあ呑め。まあ呑め。

人情の機微として、俺が何もかもお見通しという顔をしたら、皆ガッカリしちゃうだろうね。だから俺は彼らが突然俺をお別れパーティに招待したとしても、あえてビックリした顔をするわけだ。「そんなこと俺はまったく期待してなかったのに！」という顔を。いや、これはホントなんだよ。俺はべつにそんなのがなくてもさ、静かに、静かに、消えていける人間なんだよ、やろうと思えば。京都から。哀愁を漂わせて。その背中にまた惚《ほ》れる女性もいるかもしれないね。哀愁。ステキ。あはは。

でもでも。パーティは受け入れるね。断然受け入れる。さりげなく受け入れる。まるでそんなこと知らなかったように。ビックリしてみせるよ。演技できる。大丈夫。できるさ。まかせろ。スキを見せることなんだ。ちょこっとだけ阿呆のふりをするのさ。そうして人心を掌握する。悪いな。俺は悪いやつ。でもカワイイところもある。愛すべき人間というのは決まって悪人なんだ。

うーん。酔うなあ。空腹に酒を入れたからなあ。

それで。どうなる？　どんなパーティだろ？　みんな来るかな。

そういうところに来ると、三浦さんはじつは涙もろいかもな。俺と別れることを考えて、ちょっぴり涙するかな。そうなると俺は惚れてしまうな。芽野と芹名と鈴木はたぶんぼーっとしているんだろ。でもパーティの計画を立てるのはあいつらだろうな。

「別れなんて大したことない」って平気な顔をして、でも友情には厚いんだ。

そうか。そうすると楓さんが逃げたわけが分かるよ。

彼女は俺にウソをつき通す自信がなかったんだよ。正直な人だから。俺が嫌いだから逃げたわけではない。冗談言いなさんな。お別れパーティの存在を俺に悟られないように会話する自信がなかったから、彼女は逃げたんだ。だとすると、これは本当に、何か盛大な、愛すべき俺を送り出すための、盛大な、本当に盛大なパーティが近日中にどこかで開かれる可能性あるね。じつにあるね。

なんというか温かいな。涙が出るな。それぐらいやってくれてもいいじゃないか。そうして丹波が奏《かな》でるマンドリンの音が響く中、俺は盛大に送り出されて、幻想の船に乗って幻想の海に漕《こ》ぎ出すわけだ。おお、大いなる船出。すごい。泣いちゃうだろうな。

ああ、酔った。なんだか気持ちが悪くなってきたぞ。

淋《さみ》しいわけじゃないよ。ヘンテコなことを言うなあ。俺が淋しいわけがないじゃないかあ。こんなにも大勢の人たちの愛情に包まれているのに。むしろ愛が重すぎるぐらいさ。へへん。

妙だね。

酔うとさ、まっすぐなものが曲がって見えてくる。だとすると、曲がっていたものがまっすぐ見えてくるということもあるのかな。さっきから眺めてると、ほら。この居酒屋がだんだんきちんとしてきたよ。そこの平行四辺形の歪んだ扉もだんだん直ってきた。

そうかい。そういう仕組みか。凝ってるなあ。

○

あれ、どこに行ったの？　君は俺を置き去りにして。君よ、何処《いずこ》。

なんとなく淋しいのう。お酒くださーい。呑む呑む。うーん。もうこのまま消えてしまおうかな。それとも俺はここでボンヤリしつつ、送別会の誘いが来るのを待つべきだろうか。悩みどころだな。

でも、送別会やってもらってどうする？

送別会までしてもらったら、本当のことを告白しなきゃ。って、これはタイミングが難しいぞ。空気を。読まねば。皆さん、正直に言います。俺はサヨナラしないんです。ごめんなさい。どれほど愛されているかということが確かめたくて。大学を辞めて旅立つなんて嘘《うそ》を。あくまで出来心。そうして引っ込みがつかなくなって。だから心配はいりません。哀《かな》しむ必要はありません。

皆、許してくれるかな？　無理かな？　怒るかな？

いや、ちゃんと謝れば許してくれる、きっと。そうとも。皆、俺を愛しているのだから。

でも、愛されてなかったら？

ひょっとして嫌われてたら？

おおう、揺れる。

誰だよ、押すなってば。

あなた誰？　どこから来たの？　そこの扉を抜けて来たの？　ああ、歪みが直ったから開くようになったわけか。その奥は何？　四畳半？　それはまた、狭っくるしいところに通じているですな。抜けたくもありませんな、あはは。でも、おや、あなたは俺の知り合い？　知り合いではない？　べつにどっちでもいいけど。しかしずいぶん薄汚い格好をしておられますね。それなのにどこか神々《こうごう》しいところがある。

阿呆神《あほうしん》？

なーる。阿呆神というのは神様の一種のあれですか？　我々の脳味噌《のうみそ》の谷間に住んで、学生時代を棒に振らせるという？

それは面白い。ステキだ。

はあ……四年ぶりに。それはまた、引き籠《こ》もっておられますね。せっかく四年ぶりに出てきたところ、お迎えするのが俺のような人間で、さぞかし味気ないでしょうな。

黒髪の乙女でなくて申し訳ない。

それで、四畳半は愉快ですか？

愉快でない？

やっぱり阿呆神様といえど、外に出るべきですね。友人を作るべきです。

俺はね、今はこうして一人ぽっちですけど、一緒に呑《の》んでた人も席を外したまま帰って来ませんけど、これでも友人は多くてね。誰からも愛される星のもとに生まれたのです。そうすると人生は楽しい。阿呆神様も人脈を広げて悪いことはないでしょ。

いや、悪いか。世界が阿呆ばっかりになる。

おや、へんなことを仰《おっしゃ》る。何を根拠に？

俺は皆の人気者ですよ。

あなたは見てないくせに。現場にいないから。え。見てた？　なるほど。神だから。

でも四畳半に籠もってたんじゃないの？　デタラメじゃないのか。遍在するから？

四次元的に？　なるほど。ふん。分かったような分からぬような。分からぬままでも良いような。

阿呆神様から見て、俺はどうでした？　好かれてました？

というか、そもそも俺に友人はいるんですか？

アッ、言わないでください。ご託宣は聞きたくない。それが本当になってしまうと困るんだ。俺には俺のイメージした世界というものがあるんです。壊さないで。お願い。壊さないで。

ええ。ええ。仰ることは分かります。

話を変えましょうよ、ねえ。

あなたはどうせご存じなんでしょうけど、俺は一度四畳半で畏《おそ》れおおくも阿呆神化しかけたことがありますよ。一回生の頃かな。孤独地獄。行き場なし。昼食を食べる相手なし。新入生でごった返す大学生協ひとりぼっち。四畳半に立て籠もろうかと思いましたですよ。

でも俺は生き延びたんだ。

どうやったか。ムリをした。それはもうムリをした。もともと人見知りであることは俺のポリシー的なるものであった。人間なんて大嫌い。人類みな不愉快。そういう殻を打ち壊すことで、俺は四畳半に閉じ込められることを拒否したのだ。俺がどれだけ偉かったか。人に愛されるために血の滲《にじ》むような努力をしたわけですよ。野を越え、山越え。喉《のど》から血が出るほど挨拶《あいさつ》する。死ぬ気になって道行く人に声をかける。毎日鏡を見て、まるで世紀末における伝説の救世主のように「おまえは愛されている」

「おまえは愛されている」「おまえは愛されている」「おまえは愛されている」と唱え続ける。それはもう厳しい修業の数々。その成果が今に結実してる。

今に。

この淋しい夜に。

おかしいな。何をやっていたんだろ。馬鹿《ばか》じゃなかろうか。そもそもなんで人に好かれる必要があるのだ。べつに嫌われたっていいじゃないか。そうだろ？　一人で平気ならそれでいいじゃないか。四畳半に籠もっていても、自分を愛していればいいじゃないか。卑屈な。世の中に迎合して。なんでご機嫌を取る必要が。人類全般の。知らん。どうでもよい。勝手に行こう。愛の自給自足。誇りを持て。

ねえ、そうでしょ？

あれ、神様。どこにいった？　また四畳半に帰ったんですか？　それとも俺の脳に？　じゃあ、聖なる阿呆神のご期待に応《こた》えよう。俺はもっと誇りを持ちますよ。それでいいんだ。面《つら》の皮を厚く。器を大きく。たとえ今さらお別れ会を開いてもらえることになっても、すっぽかすぐらいの巨大な器量！

なんだ、騒がしい！

なんだ諸君は今さら。やめろ。拍手なんかやめろ。黙れ。近づくな。芽野か？　おまえは芹名か？　そこにいるのは三浦さんか。鈴木もいる。なるほど、そういうわけですか。みんなで俺を笑いに来たか。

送別会だって？

本当に？

馬鹿な。ウソをつけ。俺はもうかつての俺ではないのだ。阿呆神に見込まれた男だ。愛すべき俺ではありませんよ。ほにゃららら。器量の大きな人間は生半可な愛を拒否する。来るな！

マンドリン、うるさい。

取り囲むな。近づくと殴るぞ。貧弱な腕で。

酔っぱらってるって？　酔っぱらってる。でも酔っぱらってようが、酔っぱらってまいが、俺は俺なのです。何も変わらん。酒のせいにするなんて。そんな。非紳士的な。紳士は酔っても紳士だ。

俺は出ていく。出ていくんです。

おお、寒い。なんだこの寒さ。日が完全に暮れた。いつの間にか。世界は闇《やみ》に没した！

なんでついてくるんです。あんたら。俺を放っておけ。楓さん、何を謝っているんです。謝ることなんて何一つない。俺は本来の自分に戻っただけです。あはは。じつに爽快《そうかい》。

一人でもじゅうぶん。じゅうぶんです。なんといっても、現代社会は淋しいところなんだからな。見渡す限り敵だらけ。そしてこの世にサヨナラするときはたいてい一人ぼっちなんだ。どうせ孤独な長旅なんだ。今のうちから慣らしておく。友人なんて無用。恋人なんて無理。なんですか、そんなに和気藹々《わきあいあい》とつるんで。阿呆じゃなかろうか。早くそのぬるま湯から出ろ！

さらばだ！

寒い。走ろう。

おお、この孤独。阿呆神のご加護がありますように。俺は孤独を目指して走るのです。男は三界《さんがい》に家なく、ほにゃららら。もうこんな世界とはおさらばだ。断じておさらば。

さあ、何処へ。四畳半へ。我が王国へ。四畳半王国へ。建国記念日だ。祝祭だ。全国民に演説するぞ。諸君！　諸君と言っても誰もいないのだが！　しかし！　余は断じて諸君と呼びかけよう！

なんだこの寒さ。ひどい。そして暗い。何も見えない。

鴨川ってこんなに暗かったっけ?

あそこに明かりが見えるよ。荒野の一軒家みたいな、あたたかい光が。翼よ、あれが四畳半の灯か。とりあえずあそこまで走ってみよう。淋しいな。じつに淋しい。寒い。ああ酔った。

皆さんサヨナラ、世界よサヨナラ。

アディオス。

アデュー。

グッド・バイ。

四畳半王国開国史

諸君！

かつて余は語ったことがある——旧世界を脱し、四畳半という新世界に降り立った快男児、すなわち余が、たくましく四畳半王国を建国した顚末《てんまつ》について。

ここにふたたび、畏《おそ》れ多くも余自らが語ろう、四畳半王国のさらなる発展と開国に至る歴史を。

王国の礎《いしずえ》を築くための苦闘について、今ここに長々と繰り返しはすまい。

四畳半王国の歴史書に記載さるべき三つの戦いを余は制した——「壁の戦い」「天井の戦い」「床の戦い」である。それらの記念すべき勝利は、アレクサンドロス大王が若くしてもぎとった領土にも匹敵する広大な世界を余にもたらした。書物鉄道模型地球儀招き猫怪獣人形パソコン等の国宝の数々が余の思い描いた通りに配置された新世界の美しさよ。玉座に生尻《なまじり》を据えて国土を睥睨《へいげい》し、余が静かな喜びに震えたのは言うまでもない。

たいていの平凡なる開拓者は、当面の開拓を終えて目的を見失ったとき、己の功績にあぐらをかいて精神を腐敗させるものである。先駆者の情熱と栄光、それゆえの傲《ごう》慢《まん》と堕落、古来よりそれらが飽きるほど繰り返されてきたことは人類の歴史の教えるところである。

しかし余は、そんな堕落とは無縁であった。

そうとも！

つねにフロンティアを開拓し続け、潑剌《はつらつ》たる精神を失わない生尻の国王を戴《いただ》いた四畳半王国の国民たちは幸いなるかな！

壁と天井と床の拡張に成功した今、余のフロンティアは四畳半内部の空間であった。余の宣《のたま》うところによれば、己の世界を豊饒《ほうじょう》にしようと願うあまり、軽々《けいけい》に外界に打って出るのは浅はかなことである。四畳半に踏みとどまり、見慣れた景色に秘められた未知の冒険に誘《いざな》う契機に目を凝らすことができるか。人間の器の大きさはそこに表れる。いついかなるときも、目前にあるものを新しく見ることができる人間。それが精神の貴族である。おもしろいことはたいてい身近にある。

世界はつねに内側へと拡大されなければならず、そこにこそ真のフロンティアがあり冒険がある。

かくして余は四畳半内部の空間を開拓し始めたのだった。

余は四畳半内部に大図書館を作り、宴会場を作り、桃色の楽園を作った。余は人類の叡智《えいち》を武器に四畳半思想家となり、夜ごと饗宴《きょうえん》に連なって美酒を呷《あお》りながら高歌放吟、そして桃色の楽園で享楽《きょうらく》の限りを尽くしたのである。

それだけではない。

余は四畳半王国を一つの完結した世界とするために、ジャングルを作り、鬱蒼《うっそう》とした植物に埋もれた四畳半王国建国前の古代文明の遺跡を捏造《ねつぞう》し、人工芝を敷いて作られた草原の彼方《かなた》に謎《なぞ》めいた中世の塔を幻視し、シーツを重ねて地平線まで続くアラビアの砂漠を再現した。見果てぬ砂の海の彼方には夜になれば玲瓏《れいろう》たる月が昇り、どこからともなくアラビアン・ナイトを思わせる妖艶《ようえん》な音楽が流れてくるかと思えば、その砂漠を越えれば海があり、海を一年と一日航海すれば「ヨジョウハン島」と呼ばれる無人島に着き、その浜辺には絶え間なく波音が響き、浜辺に座って鮮やかな南国の夕陽を眺めていると、難破船の舳先《へさき》がシルエットとなって浮かび上がるというふうに工夫を凝らした。

余が工夫を重ねるほど、四畳半の世界は果てしなく拡大していった。

これまでの人類の歴史の中で、かくも四畳半の可能性を引き出した人間がいたであろうか。

断じて否《いな》。

そんな偉業を成し遂げられる人物が余の他にいるわけがない。

本邦四畳半史に残る冒険の数々、余はいずれ王座を退いた後に歴史書を記すために、それらの一切を手帳に記した。

かつて余が旧世界で暮らしていた頃、たまたま散歩に出かけた北白川天神の境内において、ふしぎな手帳を拾った。それは四畳半を模したカバーの百頁《ページ》ほどの冊子であり、表紙に「四畳半手帳」と記して水玉模様のブリーフが刻印されている手帳である。奥付にはただ赤いインクで畳模様の判子が押してあり、黒々と骨太のゴチック体で「四畳半統括委員会」と記されているのみであった。

その手帳に残されていたメモを頼りに、余はこの地に辿《たど》りついたのである。

それは運命であったのだ。

余はその手帳に、建国にあたっての抱負を記し、以後、この四畳半王国のあらゆる出来事について書き込んでいった。だからこうして諸君に克明に語ることができるわけだ。

その手帳によって余が新世界に旅立ったことを思えば、それは天から与えられたものと考えるべきであろう。四畳半を支配する王権は阿呆神《あほうしん》によって授与される。四畳半王国が世にもマレなる驚異的な自然とすぐれた文明を持つ素晴らしい王国となったのは、阿呆神の思《おぼ》し召しであった。

阿呆神は全宇宙の四畳半を遍《あまね》く支配する神として伝えられ、学生たちの喜びも哀《かな》しみも彼の手の内にあるという。その噂《うわさ》はかねてからボンヤリと耳にしていた。四畳半王国の南のジャングルの奥地にある古代遺跡にも、過去に阿呆神を祀《まつ》ったとおぼしき祭壇がある。

その阿呆神を祀る祠《ほこら》が、余の暮らす「法然院学生ハイツ」の屋上にある。

以前、余はこの建物の内部に張り巡らされている、何を伝えるためのものとも知れない鉄管について語ったことがある。その鉄管はこの廃墟《はいきょ》のような建物の内部を不気味な骨格のように縦横無尽に走っており、その一部は余の四畳半王国にある砂漠を通過している。ときには何者かが鉄管をカンカンと叩《たた》き鳴らして、余の安眠を妨害するのである。余はその鉄管の全貌《ぜんぼう》を把握すべく、ふたたび探検を試みた。

その探検の結果、余は屋上に出た。

そこは殺風景な場所であった。コンクリートの割れ目から雑草が伸びていた。小雨がコンクリートブロックや錆《さ》び付いた鉄屑《てつくず》を濡《ぬ》らしている。屋上の手すりの向こうには哲学の道から浄土寺《じょうどじ》一帯の家並みに夜の明かりがきらめいているのが見え、その向こうには黒々とした吉田山がそびえていた。その夜気の不気味な冷たさを想《おも》うがよい。屋上の隅には球形の高架水槽があり、それはまるで異国の技術を駆使して作られた謎めいた監視装置、あるいは何らかの兵器のようにも感じられた。

その装置のわきに、貧相な祠らしきものがある。蠟燭《ろうそく》が点《とも》って、光がゆらゆらしていた。奥を覗《のぞ》き込んでみると、「阿呆神」と書かれた小さな板きれが置かれていた。

さまざまな阿呆学生が日常的に供物《くもつ》を捧《ささ》げていると見え、金色に塗った瓢簞《ひょうたん》や、大きな飯茶碗《めしぢゃわん》、般若心経《はんにゃしんぎょう》を貼《は》り付けたマンドリン、桃色映像を記録したDVDが安置されていた。それぞれの供物には、捧げた人間たちの名前や団体名らしきものの書かれた紙が貼ってある。「樋口」や「斎藤」といった個人名から「図書館警察」「詭弁論《きべんろん》部《ぶ》」「大日本凡人會《ぼんじんかい》」といった団体名が書かれていた。

余がふと桃色映像のDVDを手に取っていると、いつの間にか一人の男が屋上に現れていた。

その男は余を用心深く睨《にら》んでいる。

余は生意気なやつめと睨み返した、桃色映像ＤＶＤを握りしめながら。

するとその男は余の手元を見て一言、「それ欲しいの？　それじゃあ持っていきたまえよ」と言った。

「大日本凡人會、と書いてあるけど」

「それは我々がお供えしたんだ。いくらでも手に入るから、一枚ぐらい進呈するよ」

かくして余は、その大日本凡人會代表を名乗る男から進呈された桃色映像を持ち帰った。

その破廉恥《はれんち》極まる桃色ぶりたるや我が国家の秩序安寧を乱しかねないものであり、ここで内容を語るのも憚《はばか》られるほど。一度見る者は必ず二度見、二度見る者は三度見るという噂は四畳半王国の辺境の地にまで轟《とどろ》き、余はそれを国家の至宝とした。

それからも幾度か、その学生とは語り合うことになった。

彼は数学好きの学生であった。つねに数式を書き散らした紙の束を持っていた。彼は妄想的数学の研究に余念がなく、余を学問的退廃へと追いやった憎むべきシュレディンガー氏を超えようとしている人物であった。

その意気やよし。

我々はすっかり意気投合した。

なお、あくまで彼の才能に余が敬意を払ったためであって、彼が我が国にもたらす桃色映像のためではなかったことを付記しておきたい。

彼こそは当時まだ鎖国の最中にあった四畳半王国に招待された唯一《ゆいいつ》の人物であり、彼は国家の賓客として遇された。彼は余が建国した四畳半王国の豊かさに驚嘆し、余とともに四畳半王国のあらゆるところを訪ね歩いた。我々は大図書館をさまよい、ジャングルの奥地を訪ね、夜の砂漠で野営した。焚《た》き火を囲んで酒を酌《く》み交わしながら我々は月を見上げ、人生を語り、宇宙を語り、哲学を語った。

余が四畳半国家建設に従事しているのと同じく、彼もまた己の数学的才能を磨き上げることに専念している。それぞれ己の信じた道を黙々と歩いている。優れた者は優れた者を知る。

彼は砂漠を通る鉄管を指さした。

「あのヘンな配管、この部屋にもあるんだなあ」と彼は述べた。

どうやら彼の王国にも、同じような殺風景な鉄管が壁からぬっと突きだしているらしい。あの鉄管は何のためにあるのかと余は問うた。

「分からない。一説には男汁が流れていると言われている」

「男汁とは？」

「阿呆神様の栄養分じゃないかね」

彼は歩いて行き、鉄管をカンカンと打ち鳴らした。浜辺に打ち寄せる波の音に、金属質の澄んだ音が混じって、不思議な哀愁を感じさせた。

「俺は深夜に数学的興奮の高みに達すると、この鉄管をカンカン鳴らす癖があるんだ。ついつい興奮が抑えきれなくてね」

「そうであったか」

「あんたはどこまで四畳半世界を内部に拡張するの？」

「行けるところまでだな」

「四畳半の果てはどんなところかな」

「踏破したら教えよう」

たがいの健闘を祈って我々は握手を交わした。

そして彼は四畳半王国の旅を終えて、自分の数学世界へ帰っていった。

彼の来訪以来、余は鉄管が鳴るたびに、あの数学の鬼が孤高の努力の果てに何らかの手がかりを摑《つか》んだのだと喜ばしく思うようになった。「お、やってるな」と思うのだった。

あの夜の砂漠で交わされた対話はいつのことであったろうか。

こうして諸君に語ろうとするとき、余はふと困惑する。諸君の国家の暦で手帳には記録があるが、一切は四畳半王国暦で記録されている。諸君の暦ではない。

我が四畳半王国においては、あらゆる天体の運行は余の作り上げたシステムに従っているのだが、そもそも四畳半王国における時間の流れ方は、外界とは大いに異なっている。

四畳半王国における「一日」という時間単位は余の起床と就寝によって定められる。また「一時間」「一分」の長さもまた、余の気分の赴くままに決定することが可能であり、当然の帰結として四畳半王国では時間の流れが一定ではない。

たとえば「一時間」という時間を無限に拡張することもできるだろう。四畳半王国における時間の流れは、唯一の観測者である余の精神に依存するのだ。この問題は相対性理論に関係してくる。また、さらにこの議論を追求していけば、余がもし天体の動きを反転させ、まるで未来へ向かうようにして過去へ向かうのであれば、四畳半王国における時間の流れが反転するという驚くべき結論が出よう。

余は失われた青春を取り戻すため、壮大な実験に着手したことがある。

その実験のため、余はアラビアの砂漠に私設天文台を建設し、時間旅行に関する書物を読み耽《ふけ》った。天体の動きを注意深く観察しながら、余は留年を帳消しにし、浪人を帳消しにし、高校時代の失恋を帳消しにするための壮大な時間旅行に旅立とうとした。

しかしここに最大の問題があった。

時間の逆転現象を観測できるのが、余だけであるということだ。

一切の現象はあくまで四畳半王国の内部で起こるのである。失われた青春を取り戻すのは四畳半王国において生きる余だけであって、外界においては余の青春は相変わらず失われたままであり、失われた初恋もまた失われたままとなるのであれば、これはけっきょくのところ何もかも失われたままなのではないか。

そう諸君は問うであろう。

これに対して、余は有効な反論を持たない。少なくとも今のところは。

この実験の失敗は、そもそも失われた青春というものが旧世界の概念であることを、余が閑却していたことによる。かくして時間旅行実験は中止となった。

まあいいじゃないか。

失われた青春について語るのはやめておこう。青春が失われようが失われまいが、四畳半王国の海には太陽が沈み、月は昇り、そして星がきらめく。王国の栄光の歴史の前には、余の青春の失われた一ページなど何の価値もない。それはもはや燃え尽きた書物である。

四畳半王国の外の世界では、つねに夜が続いていた。

余が国外視察に旅立つとき、目に見えるのはつねに闇《やみ》の中に輝くコンビニエンスストアであり、ひっそりと寝静まった路地に連なる淋《さび》しい街灯であり、二十四時間営業している書店であった。それらは京都のねっとりとした濃い闇の底に、まるで四畳半王国の空を覆《おお》う無数の星たちのように散らばっていた。

余は四畳半王国の星空をナニヨリも美しいと信じる者であるが、その国外視察のときに自転車で走りながら眺めた夜の明かりもまた、捨てがたいものであった。余が四畳半王国を完全に鎖国するに至らなかったのは、食料を輸入に頼らねばならなかったという事情もさることながら、それらの夜の明かりを眺めながら延々と走る、なんら特筆すべき出来事も起こらない淋しい夜の視察が、余の心を摑んでいたためでもある。

夜の旅の過程で、余がファーストフード店の前を通り過ぎたとき、白々とした明かりの中に、かつての知り合いの姿を見た。余が未来を模索してあちこちのサークルを渡り歩いていた時代、詭弁論部というところで知り合った人間である。彼らが余のことを憶《おぼ》えているかどうかもさだかではない。

余は店の前にしばし自転車を止め、歓談しているらしい彼らを眺めた。

余にとって、彼らは過去のものであった。

旧世界の想い出にすぎなかった。

彼らに別れを告げて四畳半王国の建設に乗り出してから、どれほどの歳月が流れたことであろう。

先ほども述べた通り、四畳半王国では特異な時間が流れているから、余に正確なことは知りようがなかった。そしてまた、それは時間に限ったことではない。四畳半王国という一つの完結された世界は周囲の京都という世界から切り離されている。彼らと過ごした半年ほどの時間に起こったさまざまな出来事についても、四畳半王国の砂漠や海辺で過ごす一夜に余が夢想した出来事と混じり合い、もはやどこまでが事実であり、どこまでが夢想であるのか、余には分からなくなっていたのである。

四畳半王国は空間と時間と夢が渾然《こんぜん》一体となる場所である。

余の幸せはそこにあり、余の不幸もまたそこにある。

不幸？

しかしその不幸は、四畳半王国の外側に世界があると知ればこそ生まれる。そんな不幸が何であろう、と余は考えた。四畳半王国において余は孤独ではなく、また無益な存在でもない。したがって不幸でもない。四畳半王国においては生きてここにあることが、余の正当性を自《おの》ずから示すのではなかったか。

余は四畳半王国をいよいよ豊饒《ほうじょう》な国家にすべく、国土の再視察を思い立った。長期間の過酷な旅を続け、国土の隅々まで見て回る。今や四畳半王国は内部に向けて膨張に次ぐ膨張を重ねており、一通り見て回るだけでも数ヶ月を要するようになっていた。余は綿密な計画を練り、国土の地図と食料を携えて首都を出立した。

その長い旅の途上のことである。

余はアラビアの砂漠の果てにある天文台に到着し、体を休めた。

砂漠の夜は静かに更《ふ》けていき、空には美しい月があった。

余が展望台に上って珈琲《コーヒー》を飲んでいると、満天の星空から砂漠に向かって、光り輝く階段が下りてきた。あれは何か。四畳半王国を遍く支配する余ですら、その存在を知らない幻の階段。ひょっとすると余のあずかり知らぬところで国民が勝手に宇宙開発を始めたのか。

満天の星は美しくきらめき、その階段は余を誘うようであった。

気がつけば余は階段を上っていた。

アラビアの静かな砂漠を見下ろしながらその謎《なぞ》の階段を上っていくと、私設天文台の明かりが眼下に小さく見えるのだった。無数の星たちが見渡す限り余のまわりに浮かんでいて、その中でひときわ大きく月が輝いていた。ポケットに入っていた望遠鏡を覗くと、先日たわむれに余が打ち上げた月探査船が月の表面に着陸しているのが見えた。

そこから先のことはやや曖昧《あいまい》になる。

まるで昼間のような目映《まばゆ》い光が余を包んだかと思うと、余は四畳半にいた。

そこはまるで、余が旧世界を出てやってきたばかりの頃の四畳半のようだった。まだ四畳半王国という美しい世界が切り開かれる前の平凡なる四畳半。

宇宙の果てにこのような四畳半がある。

そのとき、一瞬錯覚を起こしたことを認めなくてはならない。余は考えたのだ——じつは自分は時間旅行に成功し、四畳半王国の建国前にまで時の流れを遡《さかのぼ》ったのではないか、と。

その四畳半の真ん中に妙な男がいた。

彼はブリーフ一丁で、なんとも歯がゆくなるようなへんてこな動きで踊っていた。若干、太っている。彼のブリーフは黄色地に紫の水玉模様で、まるで病気にかかったそれのようだった。

「来たか」と彼は言った。

旧世界を去る前、その男の顔を見た気がした。

しかし、はっきりしたことは何も思い出せない。

ともかくもそれが四畳半王国の歴史に残る、阿呆神《あほうしん》への謁見《えっけん》であった。

なにゆえ余は拝謁の栄誉を賜ることになったか。阿呆神がブリーフ一丁で玉子丼《どん》を食べながら宣《のたま》うには、阿呆神はすでに神として阿呆学生たちの頂点に君臨することに飽き飽きしており、その跡を継いで阿呆神になるべき素質のある人間を鵜《う》の目鷹《たか》の目でお捜しになっていたという。彼の眼鏡にかなう学生は数名いたということだが、わけても四畳半の無限の可能性を引き出した余は、群を抜いて阿呆であり、阿呆神の名を継ぐにふさわしいということであった。

「どうだい？」

阿呆神は余にも玉子丼をお勧めになる。そして、いかに阿呆神という立場が孤独で阿呆らしくかつ無益であるかということを滔々《とうとう》と宣うのであった。

「どうやら俺は阿呆神になるべき器ではなかった」

「まさかそんな」

「おまえは知らんのだよ。阿呆神の生活の実態を」

阿呆神のお言葉によれば、「自分の才能を世のため人のために生かさない」「無益なことしかしない」「善人である」ということが阿呆神になるための三つの条件であるという。

余はたしかにそれらの条件を満たしていると言ってもよい。

しかし面と向かってそう言われたとき、胸中に湧《わ》き上がるこの何とも言えない感情は何であろうか。

「複雑な顔をしているな」と阿呆神は仰《おっしゃ》った。

「褒められているような気がしないのです」

「とくに褒めているわけではないからな。しかしおまえは四畳半世界に生きると誓った男だ。おまえであればこの四畳半を素晴らしく神秘的な愉快な世界にできるだろう。そしてこの宇宙に遍在する無数の四畳半にも影響を与えるに違いない」

「そうすると、どうなりますか？」

「どうなるというほど、どうにもなりはすまい。それが阿呆神というものだ。君臨すれども統治せず」

そのときである。

余は遥《はる》か彼方《かなた》の下界から届く微《かす》かな音に気づいたのだ。

それは懐《なつ》かしい、あの鉄筋アパートに張り巡らされた謎の鉄管を叩《たた》く音であった。カーンカーンと澄んだ、そして楽しげでさえある音が、余の耳に心地よく響いた。きっとあの数学の鬼が、新たなる数学的興奮に駆られて鉄管を叩いているのであろう。そしてそのうるささに辟易《へきえき》した住民が咆哮《ほうこう》する。その咆哮に激怒した他の住民が咆哮する。油絵の具を塗り重ねるように鬱屈《うっくつ》した咆哮が咆哮を呼んで、そして——。

「何を考えている?」

阿呆神は仰られた。

あの数学を愛する男と余は、さして親しい間柄でない。あの鉄筋アパートの住民たちと余は、ほとんど何の連帯感も有していないのである。それでも、それでもなお、自分と同じように妙ちくりんな戦いを続けている彼に対する友情めいたものが余の胸中に湧いてきた。余もまた彼と同じく孤高の道を行く男であることは言うまでもない。

だがしかし、余は神になろうとしたわけではない。

それでは、余は何になろうとしていたのであろうか。

「そろそろおいとまいたします」

余はそう言って平伏した。

「そうかい」と阿呆神はあっけなく頷《うなず》かれた。「それでは帰るが良いよ。なにしろ淋しい商売だ。阿呆神に好き好んでなろうなんていう人間はいやしない。その代わり、おまえはもっと広い世界に帰るがいい」

「どういうことですか？」

「帰れば分かる。阿呆神には一切が見えている」

かくして余は阿呆神の座を継ぐこともなく、無事に四畳半王国に帰ってきたのである。

余はふたたび砂漠の天文台に滞在した。

翌日には天文台から砂漠を越えた先にある海に浮かぶ無人島「ヨジョウハン島」に出かけた。

浜辺に座って海の音を聞いていると懐かしい気持ちになった。

余は浜辺に置かれた電熱器でソーセージをこんがり焼いた。

夜の帳《とばり》のおりた無人島の浜辺でソーセージと麦酒《ビール》の晩餐《ばんさん》をやっていると、しみじみと愉《たの》しかった。余は子どもの頃にもこのような愉しみを味わっていたことを思い起こした。家の居間にシーツやソファを使って無人島を作っては弟たちと遊んだ日々。小さな居間が我々の想像一つで太平洋の孤島にも、月面にも、ジャングルの奥地にもなった。一人この地に辿《たど》りつき四畳半王国という世界を築き上げ、畳の上のロビンソンを気取るようになった今でも、あの日の楽しさをありありと思い出す。あの頃、世界はたいへんに小さく、それは内側に無限に広がっていた。世界の果ては家の中にもあり、庭にもあり、公園の片隅にもあった。今となっては淡く霞《かす》んで見えるあの時代と、この四畳半王国はなんと似通っていることであろう。かつて中国では古代の王朝が理想の王朝とされていた。余は家の居間で毎日冒険していたあの頃を神話の時代のように思い出すのだ。

明け方にうつらうつらしたあと、余は目覚めた。四畳半王国の一日が始まった。海の向こうから上る太陽を拝んだあと、余はふたたび我が船「四畳半号」に乗って海へ出た。

その海を越えた先に何があるのか分からぬ。そこに広がるのは四畳半王国に残された未知の領域、我が国土の最奥《さいおう》、つまり四畳半世界の果てるところである。

それは過酷な長い旅となった。

一日が過ぎ、二日が過ぎ、そして一週間が過ぎた。水平線上に現れる海賊船の船影に怯《おび》え、天地がひっくり返るような大嵐《おおあらし》に揉《も》まれ、灼熱《しゃくねつ》の太陽に焼かれ、飢えと渇きと退屈に苦しめられた。真夜中に大渦巻きに出逢《であ》ったときは生きた心地もなく、さすがの余も船出したことを後悔した。

大渦巻きを辛くも生き延びた夜明けのこと、余はようやく前方に島影を見た。船を島に近づけてみれば、切り立った崖《がけ》に挟まれた水路のようなものが島の内部へ続いている。船は吸い込まれるようにしてその水路へ入った。余はぐったりと船の舳先《へさき》にうずくまり、船の進むがままに任せていた。

やがて両側の切り立った崖は低くなった。

幅の狭くなった水路はやがて琵琶湖疏水《そすい》となって、哲学の道の桜並木にさしかかった。水面《みなも》に浮かぶ桜の花弁をかきわけながら、我が船はしずしずと進んでいく。降りしきる花弁がすべてを包む。舳先にうずくまったままようよう顔を上げれば、船の行く手にはあまりにも本物らしいがゆえに偽物《にせもの》臭くもある桜並木が、今まさに満開の花を咲かせている。

空気は硝子《ガラス》のように冷たい。

明け方の青白い光が世界に充《み》ち、空は青く澄んでいる。

ああ、その空が日夜妄想を塗り固めた四畳半の天井であったとは！

それはあまりに本物らしいがゆえに偽物臭く、また偽物臭いがゆえにとてもこの世のものとは思えないほど美しかった。

やがて我が船は、数名の学生が宴会をしているところを通りかかった。彼らは畳の出来損ないみたいなものを敷いて即席の四畳半を作り、酒瓶を並べていた。

彼らは何者か。

いつの間に、この四畳半王国にやってきたのか。

余は訝《いぶか》しく思いながら船を近づけた。

そのとき、諸君の一人がこちらを振り向いて驚いた顔をして立ち上がった。大きく手を振って、我が船に向かって駆けだした。それが君だったのだ。かつて我が四畳半王国の賓客としてもてなされた唯一《ゆいいつ》の人物、夜の砂漠で焚《た》き火をしながらともに語り合った君だった。

そうだ。

そして余、つまり俺は、長い船旅を終えて陸に上がり、こうして諸君と相まみえ、驚き呆《あき》れたまま桜の舞い散るのを眺めているわけなんだ。

友情というものがもしあるとすれば、その友情に乾杯。

大日本凡人會に乾杯。

そして君、情熱のすべてを四畳半的数学に注ぐ君に乾杯しよう。

君こそ我が四畳半王国に変革をもたらした救世主だ。俺の四畳半世界の奥のそのまた奥が、世界につながっていることを君が数学的に証明してくれたからこそ、俺は今ここに立っている。その数学的理屈は、俺の手に余るものだけれど。それでも感謝するよ。たとえ理屈が分からなくても俺は感謝する。

おかげで俺は知ったのだ——外へ出る必要などなかったということを。なぜ四畳半から出なければならないと考えていたのか。このように裏返してみれば、四畳半の内部に世界はある。街路樹の葉から落ちた一滴の水にも全宇宙が含まれているように。広い世界の中に愛すべき四畳半があるのではなく、愛すべき四畳半の中に世界がある。これこそ四畳半の秘密であり、世界の秘密だ。その秘密を知る者にとって、この世界は家の居間で過ごした神話的時代に俺が感じていた、あの不思議と冒険に充ちた小さな世界そのものになるのだ。

今この桜の下で君たちに出逢えたことを、阿呆神に感謝する。

皆さんコンニチワ、世界よコンニチワ。

諸君に乾杯、四畳半に乾杯。

ありがとう。

というわけで、俺はここに四畳半王国の開国を宣言する。

世界が四畳半化した今、俺の新たな旅はここから始まる。

この作品は二〇一一年一月新潮社より刊行された。

太陽の塔
日本ファンタジーノベル大賞受賞
森見登美彦著

巨大な妄想力以外、何も持たぬフラレ大学生が京都の街を無闇に駆け巡る。失恋に枕を濡らした全ての男たちに捧ぐ、爆笑青春巨篇！

きつねのはなし
森見登美彦著

古道具屋から品物を託された青年が訪れた奇妙な屋敷。彼はそこで魔に魅入られたのか。美しく怖しくて愛おしい、漆黒の京都奇譚集。

森見登美彦の京都ぐるぐる案内
森見登美彦著

傑作はこの町から誕生した。森見作品の名場面と叙情的な写真の競演。旅情溢れる随筆二篇。ファンに捧げる、新感覚京都ガイド！

太陽と乙女
森見登美彦著

我が青春の四畳半時代、愛する小説。鉄道旅。のほほんとした日常から創作秘話まで、登美彦氏が綴ってきたエッセイをまるごと収録。

ひらいて
綿矢りさ著

華やかな女子高生が、哀しい眼をした地味な男子に恋をした。でも彼には恋人がいた。傷つけて傷ついて、身勝手なはじめての恋。

手のひらの京《みやこ》
綿矢りさ著

京都に生まれ育った奥沢家の三姉妹が経験する、恋と旅立ち。祇園祭、大文字焼き、嵐山の雪——古都を舞台に描かれる愛おしい物語。

朝井リョウ著

何者

直木賞受賞

就活対策のため、拓人は同居人の光太郎や留学帰りの瑞月らと集まるようになるが――。戦後最年少の直木賞受賞作、遂に文庫化！

朝井リョウ著

何様

生きるとは、何者かになったつもりの自分に裏切られ続けることだ――。『何者』に潜む謎が明かされる、発見と考察に満ちた六編。

池澤夏樹著

マシアス・ギリの失脚

谷崎潤一郎賞受賞

のどかな南洋の島国の独裁者を、島人たちの噂でも巫女の霊力でもない不思議な力が包み込む。物語に浸る楽しみに満ちた傑作長編。

池澤夏樹著

きみのためのバラ

未知への憧れと絆を信じる人だけに訪れる、一瞬の奇跡の輝き。沖縄、バリ、ヘルシンキ。深々とした余韻に心を放つ8つの場所の物語。

伊坂幸太郎著

重力ピエロ

ルールは越えられるか、世界は変えられるか。未知の感動をたたえて、発表時より読書界を圧倒した記念碑的名作、待望の文庫化！

伊坂幸太郎著

ゴールデンスランバー

山本周五郎賞受賞
本屋大賞受賞

俺は犯人じゃない！　首相暗殺の濡れ衣をきせられ、巨大な陰謀に包囲された男。必死の逃走。スリル炸裂超弩級エンタテインメント。

上橋菜穂子著
狐笛のかなた
野間児童文芸賞受賞

不思議な力を持つ少女・小夜と、霊狐・野火。森陰屋敷に閉じ込められた少年・小春丸をめぐり、孤独で健気な二人の愛が燃え上がる。

上橋菜穂子著
精霊の守り人
野間児童文芸新人賞受賞
産経児童出版文化賞受賞

精霊に卵を産み付けられた皇子チャグム。女用心棒バルサは、体を張って皇子を守る。数多くの受賞歴を誇る、痛快で新しい冒険物語。

江國香織著
つめたいよるに

愛犬の死の翌日、一人の少年と巡り合った女の子の不思議な一日を描く「デューク」、デビュー作「桃子」など、21編を収録した短編集。

江國香織著
流しのしたの骨

夜の散歩が習慣の19歳の私と、タイプの違う二人の姉、小さな弟、家族想いの両親。少し奇妙な家族の半年を描く、静かで心地よい物語。

円城塔著
これはペンです

姪に謎を掛ける文字になった叔父。脳内の仮想都市に生きる父。芥川賞作家が書くこと読むことの根源へと誘う、魅惑あふれる物語。

円城塔著
文字渦
川端康成文学賞・日本SF大賞受賞

文字同士が闘う遊戯、連続殺「字」事件の奇妙な結末、短編の間を旅するルビ……。全12編の主役は「文字」、翻訳不能の奇書誕生。

小野不由美著

屍鬼（一〜五）

「村は死によって包囲されている」。一人、また一人、相次ぐ葬送。殺人か、疫病か、それとも……。超弩級の恐怖が音もなく忍び寄る。

小野不由美著

月の影 影の海（上・下）
―十二国記―

平凡な女子高生の日々は、見知らぬ異界へと連れ去られ一変した。苦難の旅を経て「生」への信念が迸る、シリーズ本編の幕開け。

恩田陸著

六番目の小夜子

ツムラサヨコ。奇妙なゲームが受け継がれる高校に、謎めいた生徒が転校してきた。青春のきらめきを放つ、伝説のモダン・ホラー。

恩田陸著

ライオンハート

17世紀のロンドン、19世紀のシェルブール、20世紀のパナマ、フロリダ……。時空を越えて邂逅する男と女。異色のラブストーリー。

川上弘美著

センセイの鞄
谷崎潤一郎賞受賞

独り暮らしのツキコさんと年の離れたセンセイの、あわあわと、色濃く流れる日々。あらゆる世代の共感を呼んだ川上文学の代表作。

川上弘美著

どこから行っても遠い町

二人の男が同居する魚屋のビル。屋上には、かたつむり型の小屋――。小さな町の人々の日々に、愛すべき人生を映し出す傑作小説。

小川洋子著

博士の愛した数式

本屋大賞・読売文学賞受賞

80分しか記憶が続かない数学者と、家政婦とその息子――第1回本屋大賞に輝く、あまりに切なく暖かい奇跡の物語。待望の文庫化！

小川洋子著

海

「今は失われてしまった何か」への尽きない愛情を表す小川洋子の真髄。静謐で妖しく、ちょっと奇妙な七編。著者インタビュー併録。

荻原　浩著

押入れのちよ

とり憑かれたいお化け、№1。失業中サラリーマンと不憫な幽霊の同居を描いた表題作他、必死に生きる可笑しさが胸に迫る傑作短編集。

荻原　浩著

オイアウエ漂流記

飛行機事故で無人島に流された10人。共通するは「生きたい！」という気持ちだけ。爆笑と感涙を約束する、サバイバル小説の大傑作！

角田光代著

キッドナップ・ツアー

産経児童出版文化賞・路傍の石文学賞受賞

私はおとうさんにユウカイ(＝キッドナップ)された！　だらしなくて情けない父親とクールな女の子ハルの、ひと夏のユウカイ旅行。

角田光代著

平　凡

結婚、仕事、不意の事故。あのとき違う道を選んでいたら……。人生の「もし」を夢想する人々を愛情込めてみつめる六つの物語。

北村 薫著　**スキップ**

目覚めた時、17歳の一ノ瀬真理子は、25年を飛んで、42歳の桜木真理子になっていた。人生の時間の謎に果敢に挑む、強く輝く心を描く。

北村 薫著　**ターン**

29歳の版画家真希は、夏の日の交通事故の瞬間を境に、同じ日をたった一人で、延々繰り返す。ターン。ターン。私はずっとこのまま?

佐藤多佳子著　**しゃべれども しゃべれども**

頑固でめっぽう気が短い。おまけに女の気持ちにゃとんと疎い。この俺に話し方を教えろって?「読後いい人になってる」率100%小説。

佐藤多佳子著　**明るい夜に出かけて**

山本周五郎賞受賞

深夜ラジオ、コンビニバイト、人に言えないトラブル……夜の中で彷徨う若者たちの孤独と繋がりを暖かく描いた、青春小説の傑作!

重松 清著　**ビタミンF**

直木賞受賞

もう一度、がんばってみるか——。人生の〝中途半端〟な時期に差し掛かった人たちへ贈るエール。心に効くビタミンです。

重松 清著　**エイジ**

山本周五郎賞受賞

14歳、中学生——ぼくは「少年A」とどこまで「同じ」で「違う」んだろう。揺れる思いを抱き成長する少年エイジのリアルな日常。

新潮文庫の新刊

隆慶一郎著
花と火の帝（上・下）
皇位をかけて戦う後水尾天皇と卑怯な手を使う徳川幕府。泰平の世の裏で繰り広げられた呪力の戦いを描く、傑作長編伝奇小説！

一條次郎著
チェレンコフの眠り
飼い主のマフィアのボスを喪ったヒョウアザラシのヒョーは、荒廃した世界を漂流する。愛おしいほど不条理で、悲哀に満ちた物語。

大西康之著
起業の天才！
―江副浩正　8兆円企業リクルートをつくった男―
インターネット時代を予見した天才は、なぜ闇に葬られたのか。戦後最大の疑獄「リクルート事件」江副浩正の真実を描く傑作評伝。

徳井健太著
敗北からの芸人論
芸人たちはいかにしてどん底から這い上がったのか。誰よりも敗北を重ねた芸人が、挫折を知る全ての人に贈る熱きお笑いエッセイ！

永田和宏著
あの胸が岬のように遠かった
―河野裕子との青春―
歌人河野裕子の没後、発見された膨大な手紙と日記。そこには二人の男性の間で揺れ動く切ない恋心が綴られていた。感涙の愛の物語。

帚木蓬生著
花散る里の病棟
町医者こそが医師という職業の集大成なのだ――。医家四代、百年にわたる開業医の戦いと誇りを、抒情豊かに描く大河小説の傑作。

JASRAC 出1306127-407

四畳半《よじようはん》王国《おうこく》見聞録《けんぶんろく》

新潮文庫　も－29－3

平成二十五年七月一日発行
令和七年一月二十五日七刷

著者　森《もり》見《み》登《と》美《み》彦《ひこ》

発行者　佐藤隆信

発行所　株式会社　新潮社

郵便番号　一六二―八七一一
東京都新宿区矢来町七一
電話　編集部(〇三)三二六六―五四四〇
読者係(〇三)三二六六―五一一一
https://www.shinchosha.co.jp

価格はカバーに表示してあります。

乱丁・落丁本は、ご面倒ですが小社読者係宛ご送付ください。送料小社負担にてお取替えいたします。

印刷・大日本印刷株式会社　製本・株式会社大進堂

ISBN978-4-10-129053-9 C0193